Claudia Ullrich

Die Hoffnung stirbt zuletzt

Roman

IMPRESSUM

1. Auflage, April 2019

Claudia Ullrich, Graz

KDP Verlag, Amazon

ISBN: 9781093481662

-- EINS --

Es scheint die Sonne. Kaum zu glauben, aber es scheint tatsächlich die Sonne. Nicht, dass in Graz die Sonne nie zu sehen wäre. Wahrscheinlich kann die Stadt in Sachen Gesamtsonnenstunden des Jahres mit südlicheren gut mithalten. Aber ehrlich der Winter in dieser Stadt ist schon eher eine graue Angelegenheit. Doch heute scheint die Sonne. Gut, ganz generell hat Clara noch nicht allzu viel davon zu sehen bekommen. Im Casino ist es ja grundsätzlich ziemlich finster. Oder sagen wir künstlich hell. Da kommt nicht ein Sonnenstrahl durch. Aber dadurch, dass sie heute ein paar ihrer Überstunden abbauen soll, wird sie noch etwas davon haben. Darum nimmt sie einen Schluck von ihrem Kaffee und beginnt, ihre Bar aufzuräumen. Sie muss noch schnell die Abrechnung machen, denn in zirka zehn Minuten wird Sabine kommen und sie ablösen. Ein paar Meter rechts von ihr an einem der Automaten rasselt es laut. „Ein Frizzante aufs Haus für die Dame am Banditen", ruft ihr ein Casino-Angestellter auf seinem Weg zur Gewinnerin zu. Alles klar. Clara gibt gar keine Antwort, tippt die Bestellung in die Bonierkassa, greift mit der Linken nach dem Sektglas und mit der Rechten in die Kühlwanne und schenkt den Prosecco ein. Sie stellt das Glas auf ein kleines, rot-schwarzes Tablett, nimmt den Bon aus der Kassa und bewegt sich damit leichtfüßig hinter der gebogenen Bar hervor. Viel ist nicht los um diese Uhrzeit im Jackpot Corner und sie und „die Dame am Banditen" sind ohnehin schon gut bekannt. Hier kennt man sich eben. Es sind immer dieselben Angestellten und, was eigentlich eher besorgniserregend ist, immer dieselben Gäste. Alles nette

Menschen mit einer Schwäche fürs Glücksspiel. Beim Automaten angekommen, stellt sie der Dame das Sektglas hin. „Gratuliere!“, sagt sie fast ein wenig zu euphorisch. „Ist eh schon Zeit geworden, dass du da einmal was rauskriegst, Gerda.“ Freudestrahlende Augen blicken Clara ins Gesicht. Sie sind direkt ein wenig glasig. „Danke! Ist das nicht super? 2.300 Euro! Wart noch, Mädl auf die Auszahlung. Da schaut für dich auch was raus!“ „Geh, hör auf! Ist doch nicht nötig.“

„Doch doch! Für dich habe ich immer was übrig. Und dann haben wir heute beide einen schönen Tag.“

„Aber Gerda, du hast doch schon so viel reingesteckt. Sei doch froh, dass das Glücksvogerl einmal bei dir gelandet ist.“

„Keine Widerrede! Herr Hölzl!“, ruft Gerda plötzlich dem Croupier zu, der vorhin ihren Sekt bei Clara bestellt hat. „Machen Sie schnell, die Clara darf heute früher heim, und mein Mauserl bekommt noch ein Trinkgeld von mir!“ „Alles klar, Frau Lippisch!“, ruft der Herr im schwarzen Anzug mit der roten Casinos-Austria-Krawatte zurück. „Ich hab’s gleich.“ Clara spürt die Verlegenheit in sich hochkriechen. Sie lächelt Gerda nochmals an, streicht ihr über die Schulter und stampft mit gesenktem Kopf zurück hinter die Theke. Jetzt ist das so bei der Clara: Sie lebt eigentlich von dem Trinkgeld. Ihr Barfrauenlohn ist eher etwas knapp bemessen, aber die Großzügigkeit ihrer Gäste macht das mehr als wett. Nicht, dass sie hier allabendlich als reiche Frau rausginge, aber eine nette kleine Mietwohnung, die eine oder andere Shoppingtour, wenn gerade Sale ist, und ein Sommerurlaub gehen sich da schon aus. Und wenn man jetzt bedenkt, dass die Clara es in ihrer Jugend mit dem Thema Schule und Ausbildung nicht so genau genommen hat, kann sie eigentlich mit ihrem Lebensstandard durchaus zufrieden sein. Ist sie auch. Wegen des Trinkgeldes. Seit sie vom Abendcasino hierher gewechselt ist, ist das nochmals besser geworden. Die Spieler, die untertags zocken, sind ganz andere Leute als die, die drüben im eigentlichen Casino Black Jack oder Roulette spielen. Hier sitzen keine Prahler, keine Blender, die irgendjemandem was beweisen müssen. Die hier frönen still und leise ihrer Sucht und genießen den persönlichen Kontakt zum Personal. Und wir brauchen nicht darüber reden, dass die Herzlichkeit und Wärme der Casino-Mitarbeiter nicht gerade die Pole zum Schmelzen bringt. Da ist dann die Clara natürlich mit ihrer gewinnenden Art die Bezugsperson Nummer eins. Und die will fast jeder der Spieler an seinem Glück teilhaben lassen. Nur ist die Clara halt wirklich ein herzensguter Mensch. Die muss da keine Maske aufsetzen oder jemandem ihr Interesse heucheln. Sie ist einfach eine liebe Person. Die kann mitleiden, wenn da jemand seine Hunderter loswird, dass es zum Haareraufen ist. Und wenn dann jemand endlich einmal gewinnt und ihr dann so großzügig einen Schein rüberreicht, fühlt sie sich oft nicht ganz wohl dabei. Auch wenn sie immer ein offenes Ohr für ihre Gäste hat, teilt sie doch ihre Geldsorgen nicht mit ihnen, wenn sie ein Spiel nach dem anderen verlieren. Ist jetzt schwer zu erklären, aber sie – die nicht im Geringsten jemandem etwas vorspielen muss, um dessen Sympathie zu gewinnen – fühlt sich hin und wieder als Heuchlerin. „Nicht darüber nachdenken“, ermahnt sie sich selbst und schaut in die Kiste mit den leeren Flaschen. Mit zwei Pagos und einem Cola light muss sie da nicht viel zählen. Also geht sie zur Kaffeemaschine und liest ab: vier Kaffee wurden runtergelassen, zwei davon hat sie selbst getrunken. Passt. Sekt war nur der eine von der Gerda. Da muss der Bon noch schnell vom Herrn Hölzl unterschrieben werden, aber sie kann jetzt nicht vor die Bar gehen. Wie schaut denn das aus? Als würde sie Geld betteln gehen. Also zählt sie einmal das Geld aus ihrer Kellnerbrieftasche und legt es in ein Kuvert, kritzelt auf das Kuvert „Zwei kleine Braune aufs Haus. Clara“ und beginnt zu wischen.

„Hey Clara!“ Sabine, ihre liebe Kollegin, kommt schon durch die Schwingtür hinter ihr. „Boah, ich brauch‘ einen Kaffee! Du, draußen ist es total schön. Sonnig und angenehm warm.“ Clara dreht sich zu ihr um. „Cool! Dann kann ich ja jetzt noch ein wenig bummeln gehen.“, erwidert sie. Aus dem Augenwinkel sieht sie, wie die Gerda bereits vorne beim Eingang steht und wahrscheinlich – so gut sieht sie auch wieder nicht hin – ihr Geld kassiert. Es ist 15:00 Uhr. Claras Schicht ist also vorbei. Sabine redet auf sie ein ohne Punkt und Komma. Clara ist mehr auf das Geschehen im Augenwinkel fixiert und hört nur irgendetwas von dem Kongress oben und dass die Party gestern noch bis 4:00 Uhr gelaufen sei, aber von solchen Aufpecker-Typen kein Trinkgeld zu erwarten war. Clara wischt nochmals verlegen über die Thekenoberfläche, als Gerda schon auf sie zuwatschelt. „Schatzilein!“, ruft sie ihr schon von weitem zu. Clara weiß nicht so recht, wie sie reagieren soll. Wirkt sie geldgierig, wenn sie jetzt voller Freude aufschaut? Ist es unhöflich, wenn sie nicht reagiert? Doch es ist zu spät für jede Reaktion, denn Gerda steht eh schon vor der Bar und streckt ihren rechten Arm mit einer geballten Faust aus. „Gib her, die Hand, mein Mädl! Das ist für dich! Kauf dir was Schönes!“ Clara tut, was die mollige, kleine Dame mit den platinblonden Haaren ihr sagt. Sie spürt einen ganz klein gefalteten Schein in ihre zarte Hand wandern und wie ihr Gerda auch gleich die Faust wieder zumacht und fast etwas zu fest drückt. Sofort fühlt sie sich an ihre Oma erinnert. Die hatte auch diese Angewohnheit, ihr Geld in die Hand zu drücken und gleich die Faust wieder zusammenzuquetschen, weil niemand etwas von dem Geschenk wissen durfte. Kurz entflammt in Clara das Gefühl der Enttäuschung, das sie damals regelmäßig hatte, wenn sie kurze Zeit später gesehen hat, dass es nur ein Zwanzig-Schilling-Schein war. „Sofort verdrängen!“, befiehlt sie sich selbst. „Ganz egal, wieviel das ist!“ „Danke, Gerda“, es klingt fast ein wenig mitleidig, halt genauso, wie ihr auch zumute ist. „Du weißt doch, dass du mir nichts geben musst.“ „Doch das muss ich!“, antwortet die ältere Dame mit strengem Blick. „Irgendwie ist das eine recht taffe Persönlichkeit“, überlegt sich Clara, „Warum die nicht mit dem Spielen aufhören kann?“ „So, und jetzt genieße deinen freien Abend.“ Clara drückt das Papier in ihrer Faust noch ein klein wenig fester zusammen und nickt. Als Gerda das Weite sucht, fällt Clara ein, dass sie den Bon noch schnell unterschreiben lassen muss. Sie schnappt den Zettel, geht vor zum Eingang und legt ihn dem Herrn Hölzl durch das Einschubloch im Glas hin. Der schaut gar nicht drauf, kritzelt was drüber, sodass man kaum noch was vom Druck lesen kann und blickt auf. Er schiebt den Zettel nicht retour durch die Öffnung, das kann die Clara selbst machen. „Na, schön abgestaubt?“, fragt er mit einem hämischen Grinsen im Gesicht. Clara wird rot. „Nein, wieso?“, fällt ihr nur ein und sie dreht sich um und rennt fast zurück hinter die Bar. „So ein Trottel, der Hölzl“, sagt sie mehr zu sich selbst als zur Sabine, was diese jedoch völlig falsch als Einladung zu einem weiteren Monolog versteht. „Ja, musst du dir vorstellen, Clara, gestern oder halt heute in der Früh, als du schon weg warst, hat sich der Meier noch ausgezeichnet. Ich schwöre dir, so ein präpotenter Arsch! Ich meine, ich weiß schon, Respekt und alles, aber der hat's uns allen wieder gezeigt, durch welche Schule man gehen muss, um im Casino arbeiten zu können. Die haben doch bei ihrer Party gestern diese Aufsteller... die – weißt eh, wo der Kongress-Titel oben steht – mitherunten gehabt. Weißt was ich meine? Die, die man so hochzieht." – „Rollups?" – „Genau, Rollups da gehabt. Und die haben damit einen Fluchtweg verstellt. Und glaubst, der Meier wäre fähig gewesen, die drei Dinger einfach wegzuschieben? Die wollten sie dann drüben bei der Pianobar haben, hat eh mehr Sinn gemacht, weil sich alles dorthin verlagert hat, und der Meier hat gesagt, ich soll das doch rübertragen. Eh die Hölle los und alles und nicht, dass die besonders schwer wären, aber kann er die nicht einfach selbst rüberheben? Nein! Der ist – ohne Übertreibung jetzt – neben mir hergegangen, während ich die Rollups eins nach dem anderen rübergetragen habe und hat mir mit dem Finger gedeutet, wo ich sie hinstellen soll. Ich meine, gibt's sowas?" – „Im Casino gibt's alles.", Clara hat mittlerweile den Bon ins Kuvert gesteckt und dieses verklebt. „Gibst das dem Heinz von mir, bitte, mit deiner Abrechnung mit?" „Sicher, Clara! Schönen Nachmittag!"

-- ZWEI --

Die Schwingtür hinter ihr hat noch nicht mal aufgehört zu wackeln, muss Clara schon die fast schmerzhaft verkrampfte Faust öffnen und schauen, was drin ist. Es ist ein Hunderter, das erkennt man auch in dem Format. Clara jauchzt wie ein Welpe, der das erste Mal Schnee sieht. Sie nimmt den zusammengelegten Schein und faltet ihn im Gehen auseinander. Da ist noch einer drin! Es sind Zweihundert! Zweihundert Euro! Wie cool! Clara versucht sich zusammenzureißen, dass sie nicht gleich hochspringt. Sie geht durch die Hintertür vom Casineum raus in die Garage, die gleichzeitig Autoabstellplatz, Müllplatz, Raucherplatz und Notfallslager der Romani Gastronomie ist. Das ist nämlich so: Die Clara ist keine Casinoangestellte. Und das ist ihr auch ganz wichtig. Das betont sie immer wieder. Sie arbeitet für die Romani Gastronomie. Casinos Austria selbst sind zuständig für den ganzen Glücksspielbereich. Die Bars und das Restaurant betreibt ein Pächter und das ist Romani. Sie marschiert durch die Garage zum Hintereingang vom Casino Restaurant. Die Tür ist offen wie immer. Die Köche sind ja um 15:00 Uhr schon längst im Dienst, auch wenn das Restaurant erst um 18:00 Uhr aufsperrt. Und wie gesagt, die Garage ist auch gleichzeitig das Raucherplatzerl. Darum eben Türe meistens offen. Heute raucht aber noch niemand draußen und so steckt Clara die Scheine schnell in ihre schwarze Stoffhose und geht rein. Ein Lehrling steht in der kleinen Nische zwischen Eingang, Lager und Küche und schneidet irgendetwas. „Hallo“ kurz und prägnant. Wie die meisten Lehrlinge, die sie so über die Jahre kommen und gehen hat sehen, ist auch dieser so schüchtern, dass sein Gruß kaum hörbar ist. „Armer Bub“, denkt sie sich, als sie schon von vorne den Küchenchef plärren hört; „Kannst nicht ordentlich grüßen, Rotzer? Sag hallo zur Clara. Und tu endlich mit dem Julienne Gemüse weiter! Was dauert denn da so lang?“

“Hallo!“ sagt der Lehrling zumindest ein Dezibel lauter als zuvor. „Schon gut“, sagt die Clara und lächelt ihn beschwichtigend an. „Hi Walter!“, sagt sie zum Küchenchef. „Ich geh schon heim.“ „Maria! Dein Leben hätte ich gerne.“, sagt der Koch, der ihr mit seiner Schürze und der Haube irgendwie wie ein Kasperl vorkommt. „Das denk ich mir“, entgegnet sie mit einem Lächeln und marschiert mitten durch die Küche zum nächsten Hinterausgang hinaus. Sie schaut gar nicht lange, ob noch jemand da ist, sondern ist schon weg und steht nun im nächsten Zwischengang.

Das ist nämlich kein neues Gebäude, das Casino Graz. Das ist einmal so ein richtig klassischer Altbau. Ein Riesenhaus, das den ganzen Block einnimmt. Nein, das stimmt so nicht. Das Casino selbst umfasst nur einen kleinen Teil davon im Erdgeschoß. Oben sind noch ein paar Räumlichkeiten für die Mitarbeiter, Büros und so, aber das, was die Gäste kennen, ist eigentlich ein eher kleiner Bereich von dem ganzen Gebäude. Das Haus selbst gehört der Steiermärkischen Sparkasse. Eingänge gibt’s fast gleich viele wie Mitarbeiter. Und dann ist das verwinkelt, ein Wahnsinn. Den Großteil des ersten Stockes nimmt der Congress Graz ein. Und da sind auch wieder die wunderschönen Konzert- und Kongresssäle, die Konferenzräume und Foyers nur ein Teil. Hinter den Kulissen wieder Technik, Büros, Lager. Man muss sich schon richtig gut auskennen, um sich in dem Haus frei bewegen zu können. Die Clara kennt sich so richtig gut aus. Sowohl im Erdgeschoß als auch im Congress oben. Das liegt daran, dass die Romani Gastronomie auch der Pächter im Congress Graz ist. Die Clara hat in der Firma schon an jeder erdenklichen Ecke bedient – unter anderem eben auch oben im Congress. Angefangen hat sie ja überhaupt als Aushilfe „oben“ wie sie alle sagen, wenn jemand im Congress arbeitet. Und zwar damals bei den Maturabällen im Service. Danach hat sie dort an die Bar gewechselt und zusätzlich zu den Maturabällen auch Sekt bei den Konzerten ausgeschenkt. Auch immer ein gutes Geld. Aber aus ganz anderen Gründen. Zum einen wird man oben als Aushilfe nach Stunden bezahlt. Der Stundenlohn damals betrug zwar nur sechs Euro, aber gerade in der Ballsaison von November bis Februar kommen schon so einige Stunden zusammen. Zum anderen das „Trinkgeld“. Im Service ist die Maut ja eher mau. Das muss man ehrlich sagen. Und auch an der Bar ist das „Trinkgeld“ nicht wirklich freiwillig gegebenes Trinkgeld. Der Clara wurde schnell beigebracht, wie man sich „Trinkgeld“ verschafft. Wenn man bei jedem Sektglas ein kleines bisschen weniger einschenkt als 0,1 Liter, bleibt etwas mehr in der Flasche und bei der Abrechnung etwas mehr in der Geldtasche. Man könnte vermuten, dass dadurch auch nicht gerade allzu viel rausschaut. Aber weit gefehlt. Wenn an so einem Ball hundert Flaschen Sekt ausgeschenkt werden und man es schafft, bei jeder Flasche nur ein Glas einzusparen, sind das bei einem pro Glas-Preis von 3,70 Euro ganze 370 Euro, die sie sich mit ihrer Kollegin geteilt hat. Nicht, dass die Clara das immer ganz ohne schlechtes Gewissen gemacht hat, aber damals vor fünfzehn Jahren, hatte sie das halt notwendig. Heute braucht sie das nicht mehr. Das Trinkgeld, das sie kassiert, ist tatsächlich freiwillig gegeben. Betrügereien sind sowieso nicht so ganz ihr Ding.

Hinter ihr der Personaleingang zur Casinoküche, macht sie im Stiegenhaus der Albrechtgasse nur einen Schritt nach vorne und greift schon zur nächsten Tür, um sie zu öffnen. Direkt dahinter führen die Stiegen in den Keller. Das ist zwar in dem Altbau auch ein eher hohes Stockwerk, aber macht nichts. Mit zwei Hundertern in der Tasche springt sie leichtfüßig die Stufen hinunter, bis sie im Keller ist. Verwinkelt. Wer denkt, die Büroräume im ersten Stock oder die vielen Eingänge, Zugänge und Hintertüren wären verwirrend, der sollte sich wirklich nicht in den Keller von Casino und Congress Graz trauen. Es ist nicht auszuschließen, dass irgendwo hier unten noch zwei, drei Leichen liegen, die einfach den Weg raus nicht mehr gefunden haben und dann eben verhungert, verdurstet oder am Gestank der Altglas-Container, an denen Clara gerade mit zugehaltener Nase vorbeimarschiert, erstickt sind. Wobei verhungern und verdursten muss man hier unten nicht. Genaugenommen könnte man sogar recht gut in diesen Katakomben überleben. Immerhin hat die Romani Gastronomie hier unten die große Küche und die überdimensionalen Lebensmittellager und Kühlhäuser. Die Casino-Küche ist nämlich tatsächlich nur für das Casino-Restaurant zuständig. Und der Walter ist auch nur Küchenchef für den Bereich. Und man kann es glauben oder nicht, aber hier herunten ist der Umgangston ein noch schärferer. Vielleicht liegt es an der ewigen Finsternis. Denn wenn man schon sagt, dass kein Sonnenstrahl ins Casino dringt, kann man sich vorstellen, wie wenig Tageslicht man im Keller vom

Casino abbekommt. Das muss ja irgendwann aufs Gemüt schlagen.

Ein Servierwagerl mit Glasgebinde kommt der Clara entgegen. Ah, die Gerli von oben. „Hi Gerli! Wie läuft's oben?" - „Hey Clara, gehst schon heim?" „Ja, wegen gestern darf ich heute früher gehen." „Ah, warst du auch bei der Party von unseren Kongresslern? Soll ja wild hergegangen sein." „Nicht ganz bis zum Schluss. Die Sabine hat was erzählt. Bei mir war es zwar schon ausgelassen, aber nichts Besonderes. Sind heute alle fit?" - „Na, nicht ganz. Ich muss eh weitertun, muss die Brötchen und den Plunder schnell mitraufnehmen." „Baba, Gerli", und biegt rechts ein in die Mitarbeitergarderoben. Es mag gut sein, dass die Garderoben für die Casino-Gastrobediensteten noch eine Spur dunkler sind als der Rest des Kellers. Clara geht rein und schaltet das Licht ein, damit sie zumindest die Spinde sieht. Licht ist an, sehen tut sie deswegen immer noch nichts, weil hier nicht einmal die künstliche Beleuchtung leben mag. Der ist es nämlich auch zu finster und die winzig dünnen Lichtstrahlen, die die Lampe oben abgibt, reichen gerade mal, um nirgends dagegen zu laufen und die Knöpfe ihres Blazers zu finden. Seit etwas über einem Jahr haben sie diesen Uniform-Blazer bei der Arbeit an. Die Clara ist froh darüber, muss sie sich keine Gedanken mehr machen, was sie zur Arbeit anzieht. Blazer war sowieso immer Pflicht und eine schwarze Hose dazu. Die Hosen kann man ja vielleicht noch brauchen, aber wie oft hat eine Person wie Clara schon freiwillig einen schwarzen Blazer an? Den musste sie wirklich immer rein für die Arbeit kaufen und dann reicht einer auch nicht. Muss man ja reinigen lassen und gerade in der Gastronomie wird das Zeug halt auch schnell schmutzig. Der Uniform-Blazer erinnert jetzt zwar ein bisschen an ein Zirkusdirektor-Kostüm, aber das ist ihrer Meinung nach auch wieder stimmig im Casino. Ein bisschen schmäler könnte sie das Sakko an den Schultern vertragen, was irgendwie auch wieder zu ihrer Gesamterscheinung passt. Die Jacke ist ihr nicht wirklich zu groß, aber gerade für ihre zierliche Gestalt kann man nicht einfach so bei einem Berufsausstatter bestellen. Und trotzdem ist sie so zufrieden mit diesen Uniformen, dass sie das auch ausstrahlt und somit selbst die etwas zu breit geschnittenen Schulterteile perfekt zur Geltung kommen.

In diesem Halbdunkel hat sie es schon geschafft, den Blazer auszuziehen und sie greift rechts zu ihrem Spind, den sie gleich so aufmachen kann. Sie versperrt ihn eigentlich nie. Ist auch noch nie etwas weggekommen. Sie hängt den Blazer auf den Haken, nimmt den Pullover raus und schlüpft rein. Während sie die Jacke anzieht, schaut sie Richtung Dusche. Kurz erschrickt sie - wie jedes Mal eigentlich. „Ah, der Sandler ist wieder da“, denkt sie dann und beruhigt sich wieder. Der „Sandler“, wie er in ihrem Kopf heißt, ist ein Obdachloser. Das Gebäude hat so viele Eingänge, dass irgendwo immer einer offen bleibt. Und der Sandler kommt schon das zweite Jahr im Winter zum Schlafen hier herein. Die Clara kennt ihn nicht. Sie haben noch nie ein Wort miteinander gewechselt, sie und der Sandler. Viel mehr haben sie eine stille Übereinkunft, dass sie ihn hier im Umkleideraum „wohnen“ lässt, und er sie dafür nicht ausraubt, vergewaltigt oder bestiehlt. Die Clara dürfte die einzige Person sein, die die Umkleiden hier herunten auch wirklich nutzt. Sie ist nämlich nicht so ängstlich wie viele Kolleginnen, die schon den langen Kellergang nicht entlanggehen wollen. Schon gar nicht, wenn ihre Schicht vielleicht erst nach 3:00 Uhr morgens zu Ende ist. Das macht der Clara nichts aus. Clara überlegt kurz, ob der Sandler überhaupt irgendjemandem schon einmal aufgefallen ist. Sie weiß ja nicht, wann er kommt. In der Früh bei Dienstantritt ist er nie da. Sie schaut zu ihm und nickt ihm mit einer ganz kurzen Bewegung zu. „Armer Teufel", denkt sie. „Soll er doch da im Warmen bleiben." Sie würde ihn niemals rauswerfen. „Tut keinem Menschen was zuleide", argumentiert sie in Gedanken, warum sie es gerechtfertigt sieht, niemandem davon zu erzählen. Dabei haben sie alle schon so oft eine Predigt zum Thema „Sicherheit im Congress" bekommen. Das ist ihr wurscht, so einen armen Kerl schickt sie sicher nicht in die Kälte.

Der Sandler nickt nicht zurück. Die Clara hält kurz inne und schaut länger hin. Hat er sie nicht bemerkt? Aber er sitzt doch da auf dem Schammerl. So kann der doch nicht schlafen. Vielleicht ist er so abgefüllt, dass er so schläft? Sie macht einen Schritt Richtung Duschraum, um besser sehen zu können. Aber in diesem dämmrigen Licht kann man fast nichts erkennen. Der Sandler bewegt sich nicht. Claras Herzschlag beschleunigt sich. Ihr wird heiß. „Hall-", sie bekommt das Wort nicht raus, muss sich räuspern. „Mhmh, hallo?", fragt sie. Keine Reaktion. „Scheiße!", denkt sie sich. Dass etwas nicht stimmt mit ihm, ist schon klar. „Herr Sandler", platzt es ihr heraus, und in der Situation fällt ihr selbst gar nicht auf, welch unangebrachtes Wort sie gerade benutzt hat. Sie macht noch einen Schritt in seine Richtung, dann zögerlich noch einen. „Was ist los?" Jetzt steht sie schon direkt vor ihm und selbst in dieser Dunkelheit kommt die Gewissheit über sie. „Was mach' ich jetzt?" Sie kramt in ihrer Hosentasche nach ihrem Handy. Ohne nachzudenken wählt sie 122. Kein Empfang. „Scheiße", flucht sie, reißt die Türe auf und rennt los. Sie läuft so schnell sie kann den langen Gang entlang, die Stiegen hoch, reißt die erste Türe auf, zwei Schritte im Stiegenhaus, nächste Türe auf und steht völlig aufgelöst vor dem Küchenchef in der Casinoküche. „Walter, schnell, die Rettung!", schreit sie ihn an. Er schaut sie mit weit aufgerissenen Augen völlig erschrocken an. Sie stolpert vor zur Bar und reißt den Hörer vom Telefon herunter. Kurz hält sie inne und wählt die richtige Nummer. 1-4-4. „Rettungsnotdienst?" - „Kommen Sie schnell. Der Sandler ist tot. Oder auch nicht, ich weiß nicht. Ins Casino. Schnell, bitte." - „Können Sie mir genau sagen, wo sie sich befinden?" Clara muss kurz durchatmen. Der Walter steht mittlerweile neben ihr und auch der Lehrling kommt von hinter der Küche daher. Clara bemerkt, wie laut sie schon geschrien haben muss. „Also, ich bin in der Küche vom Casino Restaurant Graz. Und im Keller, in unserer Umkleide, liegt ein Mann völlig regungslos. Nein, er sitzt. Eigentlich sitzt er eher. Eingang Schmiedgasse. Ich muss Sie hinbringen. Ich warte dort auf Sie!"

Clara, Walter und der Lehrling stehen vor der Einfahrt. Die beiden Männer zittern in ihren Kochgewändern. Ein warmer, schöner Februartag in Österreich ist immer noch zu kalt, um nur in der Kochjacke draußen zu verweilen. Clara ist zu angespannt, um Kälte oder Sonne wahrzunehmen. Sie springt nervös auf und ab. „Bist du dir sicher, dass es ein Sandler ist?", fragt der Walter. „Ich hab's dir doch schon gesagt. Es ist ein Sandler, und dem ist irgendwas passiert da unten.", beendet sie sogleich das Gespräch. „Da ist die Rettung!", schreit sie. Ein Wagen biegt gerade mit Blaulicht und Folgetonhorn von der Landhausgasse in die kleine Schmiedgasse ein. Clara reißt die Arme in die Höhe und winkt ihn zu sich. „Hierher! Schnell!" Nicht, dass der Fahrer sie hören könnte, aber in so einer Situation schreit man halt trotzdem die Melodramatik raus. Ist doch so. Der Rettungsfahrer sieht Clara und biegt schon in die Einfahrt ein. Sie reißt ihm die Tür auf, ohne selbst zu bemerken, was sie da tut und rennt voraus, biegt links in das Stiegenhaus ein und wartet kurz. Wär' nicht schlecht, wenn die Rettungsleute auch hinfinden würden. Die schnappen sich ihre Koffer und laufen hinterher.

-- DREI --

Clara schlürft ihren Kaffee. Eigentlich viel zu spät. Jetzt ist es doch schon 18:00 Uhr. Na, da wird sie heute nicht mehr schlafen können. Aber nach so einem Tag muss der sein. „Ihr Sandler", wie sie ihn mittlerweile in Gedanken schon nennt, ist tot. Sie war vielleicht die einzige Person, die überhaupt von seiner Existenz wusste. Was war wohl passiert, dass er obdachlos wurde? Wie ist es dazu gekommen? Und warum ist er gestorben? Die Rettung konnte absolut nichts mehr für ihn tun. Die meinten, er wäre wohl schon eine Weile tot. Aber in der Früh hatte sie ihn nicht gesehen oder konnte sie ihn tatsächlich übersehen haben? Oh Gott! Nein, sie kann das gar nicht beurteilen, sie war ja in der Früh bei Dienstantritt gar nicht unten gewesen. Ihre gestrige Schicht war aufgrund dieser Feier von den Kongressteilnehmern so spät aus gewesen, dass sie gleich in der Zirkusjacke nach Hause gefahren ist, weil sie um halb elf schon wieder im Jackpot-Corner sein musste. Und dass ihn niemand anders bemerkt hat, kann sie sich durchaus vorstellen. Geht ja außer ihr keiner in die Personalumkleide - so viel sie weiß zumindest. „Komisch, komisch", murmelt sie vor sich hin. Während ihre Gedanken immer weiter in diese Geschichte hineinwandern, steht sie auf und spaziert Richtung Vorzimmer, um in ihre Handtasche zu greifen. Sie nimmt das Handy raus. Es passiert fast wie im Unterbewusstsein, dass sie auf google eintippt „Wachzimmer Graz Schmiedgasse", die Nummer anklickt und anruft. „Hallo, hier ist die Clara Linhart, ist der Herr - ähm - Inspektor - Fritz zu sprechen, bitte." Von Dienstgraden bei der Polizei hat Clara keine Ahnung, aber wer hat das schon? Sie wird wohl nie erfahren, ob der Herr Fritz tatsächlich Inspektor ist, denn entgegen ihrer Erwartung, hat der eher ein klein wenig reserviert klingende Herr am Telefon keine Korrektur für sie parat, sondern verbindet mit einem kurzen Kommentar, der genauso gut „nein, leider“ also auch „ich verbinde“ oder vielleicht „jawohl“ hätte heißen können. „Fritz.“ „Na, super“, denkt sich die Clara, wie soll ich denn den jemals richtig ansprechen, wenn er sich nur „Fritz“ nennt.“

„Äh, Grüß Gott Herr Fritz, hier spricht Clara Linhart. Wir haben uns heute beim Tatort - ähm - Fundstelle, Fundort von meinem Sandler kennengelernt. Ähm, ich habe ihn gefunden. Wissen Sie, wer ich bin?“

„Ja sicher, Frau Linhart. Was kann ich für Sie tun? Ist alles in Ordnung?“

„Jaja, ähm, schon. Aber es ist etwas komisch. Haben Sie Zeit? Ich kann es noch nicht so genau ausdrücken, oder vielleicht bilde ich es mir nur ein.“

„Fühlen Sie sich unsicher?“

„Nein, nein. Das ist es nicht. Es geht konkret um den Sandler.“

„Dann kommen Sie doch bei uns im Wachzimmer vorbei. Es ist immer jemand da, mit dem Sie darüber reden können.“

„Nein, bitte nicht. Wie lange dauert denn Ihr Dienst, ähm, Ihre Schicht? Mir wäre es lieber, ich könnte mit Ihnen alleine reden. Es ist nämlich so, ich weiß da noch etwas, das niemand erfahren darf.“

„Ok, soll ich vorbeikommen? Wo wohnen Sie denn?“

„Kennen Sie das Café Tagtraum am Dietrichsteinplatz? Könnten Sie da hinkommen, wenn es Ihre Zeit erlaubt? Ich will Sie auch nicht irgendwie stressen jetzt mit meinem Problem."

„Ist gut. Ich könnte gleich losfahren. Wenn es sich für Sie ausgeht, können wir uns in zirka zehn Minuten dort treffen."

„Ok, bis gleich."

Also, so ein richtiger Plan war das ja jetzt nicht gewesen. Clara überlegt, warum sie überhaupt angerufen hat. Was soll sie denn diesem Fritz erzählen? Egal, jetzt hat sie den Termin ausgemacht, jetzt muss sie da runtergehen ins Tagtraum. Noch während sie in ihre Schuhe steigt, denkt sie angestrengt nach. „Was soll ich denn überhaupt mit dem? Der wird denken, ich bin komplett bescheuert." Sie marschiert die Treppen runter. Das Café ist nur zwei Häuser von ihrer Wohnung entfernt. Dort tratscht es sich gut. Nur, worüber?

Als Herr Fritz das Café betritt, bekommt Clara gerade ihren Caffè Latte serviert. Adieu Nachtruhe! Er schreitet zügig und mit einem breiten Grinsen auf sie zu. „Denkt der, ich will ihn angraben?" Das hätte ihr gerade noch gefehlt. Aber sicher denkt er das! Und er wird es nochmals mehr vermuten, wenn sich jetzt gleich herausstellt, dass sie ihm gar nichts zu sagen hat. „Verdammt, warum hab ich bloß angerufen?"

Er gibt ihr die Hand, ebenso hocherfreut wie sein Eintritt ins Café schon war. An das kurze Kennenlernen direkt bei der

Leiche kann sie sich nicht so gut erinnern. Eigentlich ist ihr der Name nur deshalb in Erinnerung geblieben, weil sie es immer schon lustig gefunden hat, wenn ein Nachname ebenso gut ein Vorname sein konnte. Und Fritz eben sowohl als auch. Aber vorhin am Telefon hat er nicht so freundlich geklungen. Es gibt halt so Menschen, die am Telefon immer mürrisch klingen, dabei die nettesten Zeitgenossen überhaupt sind. Und das Gegenteil gibt es auch. Da lernt man jemanden am Telefon kennen und freut sich schon auf das erste Treffen und dann: alles kaputt. Einmal gesehen und nicht einmal mehr jemals am Telefon mit dem reden mögen. Aber der Herr Fritz wirkt ausgesprochen sympathisch, obwohl er am Telefon ganz Polizist war. „Vielleicht liegt es ja an der Umgebung", überlegt sich die Clara, „er muss halt am Wachzimmer einen auf überkorrekt machen."

Die Kellnerin kommt und er bestellt einen kleinen Braunen. „Sind Sie in Ordnung, Frau -?" - „Linhart. Jaja, mir geht es gut, glaube ich zumindest." Mit dem kleinen Braunen gemeinsam bekommt die Clara gleich die nächsten Unsicherheiten serviert. Muss sie den Herrn Polizisten denn auf den Kaffee einladen oder wäre das beleidigend oder anmaßend oder womöglich interpretiert er da dann noch zusätzlich irgendwelche Flirtversuche rein? Clara bemüht sich weiterhin, freundlich zu wirken, ohne aber zu breit zu lächeln aus Angst, falsch verstanden zu werden.

„Herr Fritz, es ist so. Irgendetwas an meinem Sandler war komisch."

Herr Fritz lächelt: „IHR Sandler?"

„Ähm, ja, das ist eben diese Sache, von der ich Ihnen erzählen wollte."

„Sie kennen den Mann oder wie?"

„Nein, nein. Obwohl bei einem Obdachlosen kann man ja nicht sagen, wer der Mensch ist, der ihn vielleicht sogar am besten kennt. Aber nein, nicht direkt. Entschuldigen Sie, ich bin ein wenig nervös."

„Ist schon gut, passiert ja nicht jeden Tag, dass einem sein Sandler wegstirbt. Entschuldigen Sie, das war unpassend."

Aber Clara muss laut auflachen. Ja, stimmt. So formuliert hat sie jedes Recht ein wenig neben der Spur zu sein. Ein kleiner, pietätloser Witz, und das Eis ist gebrochen.

„Also, ich kenne den Sandler nicht wirklich, aber ich weiß, dass er immer wieder bei uns in den Umkleiden beziehungsweise der Dusche geschlafen hat. Ich wollte Sie deshalb auch alleine sprechen, weil ich nicht weiß, ob das dann in ein Protokoll kommt oder so. Und das ist immer mein - oder unser - Geheimnis gewesen. Ich habe nie jemandem etwas davon erzählt, dass dieser Mann bei uns im Keller seinen Schlafplatz hat. Er kommt schon das zweite Jahr immer im Winter. Oder ist gekommen. Jedenfalls hat er nie irgendjemandem etwas zuleide getan. Es gab keine Diebstähle, gar nichts. Ich habe nicht einmal meinen Spind versperrt. Er hat nie etwas genommen. Wir haben kein Wort miteinander gewechselt, sondern uns immer nur zum Gruß zugenickt. Sie können sich vorstellen, dass mein Chef das nicht erfahren darf oder die Leute oben vom Congress Graz. Sonst bin ich mit Sicherheit meinen Job los. Aber es ist ja so kalt draußen, und er war offensichtlich kein schlechter Mensch."

„Ok ok. Ist schon gut. Ich verstehe, worauf Sie hinauswollen. Der Tote war also regelmäßig in den Umkleiden vom Casino."

„Die Umkleiden der Romani-Mitarbeiter im Casino sind das."

„Romani ist?"

„Der Caterer. Ähm, also wir machen die Gastronomie im Congress Graz und eben auch im Casino. Und wir Casino-Romani-Mitarbeiter haben da unten unsere Personalgarderoben."

„Aber dann müssen ihn doch ohnehin auch Kollegen von Ihnen gesehen haben."

„Nein, ganz bestimmt nicht. Sie haben die Umkleiden heute ja gesehen. Da geht außer mir niemand runter."

„Und wenn da einer gewohnt hat, ist mir auch klar, warum."

„Nein, bestimmt nicht. Niemand hat von meinem Sandler gewusst. Da bin ich mir sicher. Erstens ist der Weg vom Casino Restaurant sehr weit. Sie sind ihn ja heute auch gegangen und zweitens ist es total finster und unheimlich. Und es stinkt. Die Kollegen gehen alle lieber mit der Uniform nach Hause. Ich bin die einzige, die sich unten umzieht."

„Und einen Sandler unten hat...", schmunzelt Fritz.

„Den hatte ich nicht von Anfang an. Ach, was reden Sie überhaupt?", Clara erkennt den belustigten Tonfall erst etwas spät, muss aber auch lachen. „Können Sie das für sich behalten?"

„Wenn das alles ist und Sie keine weiteren Informationen haben. Der Tote wird jedenfalls obduziert werden, weil man die Todesursache nicht sofort feststellen konnte."

„Aber jetzt sagen Sie mal. Sie sind da ja wohl erfahrener als ich. Hat der Tote nicht komisch ausgeschaut?"

„Inwiefern komisch?"

„Ich weiß nicht. Irgendetwas war nicht stimmig. Finden Sie nicht?"

„Sie kennen Ihren Sandler bestimmt besser als ich. War etwas anders als sonst?"

„Das Licht ist ja zum Haareraufen – oder nicht, weil man ja die Haare gar nicht sehen würde. Aber das, ja genau das war komisch."

„Was? Das Licht?"

„Nein, das war wie immer nicht vorhanden. Aber die Haare. Er hatte andere Haare als sonst."

„Das haben Sie in dem Licht gesehen?"

„Ja, eigentlich ist mir das gleich aufgefallen und komisch vorgekommen, ich konnte es nur nicht genau ausmachen. Er hatte ganz andere Haare. Vielleicht sogar von der Farbe her anders. Nein, das kann ich nicht sagen in dem Licht. Aber doch irgendwie. Er hatte andere Haare."

„Geschnitten vielleicht?"

„Sicher geschnitten, aber irgendwie... Das passt nicht, Herr Fritz. Die Haare waren gut geschnitten. Er hatte eine moderne Frisur, oder?"

„Hm, soweit ich mich erinnere. Ja, einigermaßen in Ordnung waren die Haare."

„Woher hat er diesen Haarschnitt gehabt?"

„Caritas oder so? Die machen doch solche Dinge."

„Aber würde er bei uns im Keller schlafen, wenn er bei der Caritas oder dem Vinzidorf oder wie die heißen, einen Platz hätte?"

„Na, vielleicht war er nur zum Haareschneiden dort."

„Ja, vielleicht. Und die achten auf so modische Haarschnitte?"

Beide überlegen. Sie schaut dem Herrn Fritz in die Augen, aber nicht so wie man jemandem tief in die Augen blickt, sondern eher ins Narrenkastel, während sie überlegt. Er erwidert ihren Blick. Doch nur einen kurzen Augenblick davon überlegt er genauso angestrengt wie sie. Für ihn ist die Sache klar: „Frau Linhart, verrennen Sie sich da in etwas? Ich weiß nicht, in welcher Form der Haarschnitt eine Rolle spielt." Sie hält seinem Blick weiter stand, ihre Überlegungen sind noch nicht zu Ende. Keine Antwort für den Fritz. Ihr Starren macht ihn verlegen. Die meisten Leute schauen ja weg, wenn sie verlegen werden. Meistens nach unten. Das ist ein natürlicher Reflex. Außer man zwingt sich dazu, dem zu widerstehen. Und wenn jetzt einer wie der Herr Fritz ein Herzeigepolizist ist, also schon von der ersten Stunde in der Polizeischule an immer ganz vorne mit dabei, dann kann man das leicht kontrollieren. Er versucht, die Clara mit einem Lächeln aus ihrer Konzentration zu reißen. Sie schaut weiter gerade in seine Augen. „Frau Linhart", versucht er es jetzt. „Die Uhr!", flüstert Clara, immer noch völlig in Gedanken. „Ah ok, Sie müssen los?", erwidert der Polizist. „Nein", Gott sei Dank, Clara ist wieder da. „Die Uhr", sagt sie lauter. „Er hatte einen ziemlichen Wecker am Handgelenk." „Ja, das stimmt. Die ist mir auch aufgefallen. Ich glaube, eine Tag Heuer war's. Ihr Sandler war wohl doch kein ganz so unbeschriebenes Blatt, wie Sie denken." Für Clara ist der Gedanke, den Herr Fritz gerade anreißt, so undenkbar, dass sie die Anspielung nicht einmal versteht. „Was meinen Sie?" – „Na, die wird gestohlen gewesen sein." „Nein." Mehr braucht sie auch nicht zu sagen. Mehr gibt es ihrer Meinung nach dazu auch nicht zu sagen. Herr Fritz lächelt sanft: „Ihr Sandler stiehlt nicht?" Und wieder die ganz simple Antwort, die für Clara glasklar ist: „Nein."

Fritz lässt die Rechnung kommen. Er scheint Claras Unsicherheit in Bezug auf die Bezahlung zu spüren und winkt sie direkt mit einer sanften Handbewegung ab, während er bezahlt. Große Erleichterung! „Frau Linhart, ich weiß nicht genau, worauf Sie hinauswollen, doch ich kann Ihnen mit relativer Sicherheit sagen, was hier passiert ist. Ihr Sandler erfreute sich wahrscheinlich schon länger nicht mehr bester Gesundheit und hat letzte Nacht einen über den Durst getrunken. Oder zwei oder drei und einer davon war dann der eine zu viel. Er ist an einer Alkoholvergiftung gestorben." Ja, das muss Clara sich eingestehen. Als die Rettung ihn rausgehoben hat, konnte sie immer noch einen Hauch von Alkohol riechen. Aber wenn sich jemand zu Tode trinkt, schaut das doch anders aus? Oder nicht? „Das ist bestimmt nicht schön", fährt Fritz fort, „aber Sie können nichts dafür. Solche Fälle gibt es leider Gottes, ich habe es in meiner Laufbahn schon öfters erlebt. Es tut mir wirklich leid, dass es

Sie so trifft, aber Sie wissen ja, was diese Leute für ein Zeug saufen, um ihrer Sucht nachzukommen. Bei so sozialen Randgruppen reicht oft ein schlechter Tag. Er hatte einen schlechten Tag."

„Aber einen guten Friseur", antwortet Clara. Es ist offensichtlich, dass es nicht als Scherz gemeint war. Keiner von beiden lacht.

-- VIER --

Wenn sie das Rattern in ihrem Kopf doch nur kurz abstellen könnte. Es rattert, es rasselt, es poltert. Die ganze Nacht hindurch hat der Terror in ihrer Birne angedauert. Sie hat kaum geschlafen und genauso fühlt sie sich auch. Ständig donnern irgendwelche Bilder durchs Gedächtnis oder es hagelt Wörter. „Es ist nicht meine Schuld", sagt sie sich vor. Aber darum geht es nicht. Nicht im Geringsten. Clara hat kein schlechtes Gewissen. Etwas Anderes plagt sie. Als wüsste sie etwas, aber könnte es nicht artikulieren. Irgendwo in ihr steckt ein Wissen, das sie nicht abrufen kann. Und noch schlimmer: Sie weiß nicht einmal, in welchem Winkel sie danach suchen soll. Was kann es sein, das sie so quält in Bezug auf eine fremde Person? Noch dazu eine tote, fremde Person. Oder reagiert man nun mal so drauf, wenn man seine erste Leiche gesehen hat? Jedenfalls macht sie sich jetzt mal fertig. Den Frühstückskaffee lässt sie stehen, es war gestern genug Koffein für zwei Tage. Vielleicht ist der auch mitschuld an dieser unruhigen Nacht gewesen. Ihr Dienst beginnt wieder um 11:00 Uhr. Es ist zwar erst 9:00, aber sie muss raus. Ein Spaziergang wird ihr bestimmt guttun. Sie marschiert über den Dietrichsteinplatz und die Reitschulgasse entlang. Am Jakominiplatz beschließt sie, sich bei einem der zahlreichen Marktstände ein Frühstück zu kaufen. Der Einkauf sowie der Stadtbummel und alles andere, was sie gestern so vorhatte, bevor sie die Leiche entdeckt hatte, sind ja ins Wasser gefallen. Sie steht vor dem AUER. Oder soll sie doch zum Sorger rübergehen auf eine Kakaoschnecke? Oder nur beim Backwerk was für unterwegs mitnehmen? Sie könnte sich auch zum Mc Donald's reinsetzen. Aber da mag sie ja auch wieder nur den Kaffee. Und Kaffee heute eben lieber nicht. Sie dreht nochmals eine Runde über den gesamten Platz, aber kann sich nicht entscheiden. Ihre Konzentration gilt immer noch mehr ihrem Sandler mit dem tollen Haarschnitt als dem Frühstück. Also kauft sie gar nichts, sondern spaziert weiter. Wahrnehmungslos schaut sie im Vorbeigehen in die Schaufenster. Wo hatte dieser Mann die Uhr her? Er hat bestimmt nirgendwo eingebrochen. Da hätte er mehr gestohlen. Oder hatte er noch mehr Diebesgut irgendwo? Aber wo? Wohl kaum in seiner Wohnung. Und Taschendieb war er sicher auch keiner. So wie er ausgeschaut hat, hätte den ja kein Mensch auf zehn Meter an sich rangelassen, geschweige denn so nah, dass er eine Armbanduhr hätte stehlen können. Für ein Erbstück wirkte die Uhr zu modern. Und der Sekundenzeiger hat sich auch bewegt, also muss eine funktionstüchtige Batterie dringewesen sein. Mittlerweile war sie schon am Hauptplatz angekommen.

„Morgen Dani!"

„Hallo Clara! Was machst du denn da? Kommst mich mal bei der Arbeit besuchen?"

Bussi links, Bussi rechts. Die Dani ist Claras alte Schulfreundin. Sie waren zwar gemeinsam nur in der Volksschule, haben aber immer Kontakt gehalten, weil sie damals in Straßgang auch recht nah beieinander gewohnt haben, zwei Häuser entfernt. Und es war eine Wohnstraße, da durften damals schon die kleinen Mädels einander alleine besuchen gehen. Sie waren nie die engsten Freundinnen, aber immer eine gute Wahl füreinander, wenn die späteren Schulkollegen, die dann im Ranking höher waren, keine Zeit hatten. Und sie haben einander auch heute noch gern.

„Ja, du mir ist gestern was total Arges passiert und ich wollte dich fragen, ob du mir was zeigen kannst. Ihr habt hier beim Weikhard ja alle Uhren, die es gibt."

„Haha! Sicher! Also, wir sind zwar „der Weikhard", aber alle Uhren haben wir auch nicht da. Aber was ist denn passiert?"

„Ich hab gestern einen Toten gefunden."

„Bitte was?", Danis Tonfall hat sich augenblicklich dramatisiert. Ihr Blick verschärft sich. Die Sensationsgeilheit lässt sich nicht mehr verbergen.

„Ja, bei uns unten im Keller. Irgendein Sandler", winkt Clara mit einer abfälligen Handbewegung ab. Sie kann ja der Dani schlecht erklären, dass es „IHR" Sandler war.

„Erzähl mehr!", ihre Freundin will sich nicht so einfach abspeisen lassen.

„Naja, mehr gibt es dazu nicht. Ich habe die Rettung gerufen und die haben ihn sogleich für tot erklärt. Aber weißt du, was ich von dir brauche? Der hat eine Uhr getragen und ich würde gerne wissen, was für eine Uhr es war."

„Ok. Hm, willst du dich umsehen? Eher oben wahrscheinlich, bei mir herunten sind ja nur die ganz Teuren."

„Ich weiß. Sie war sportlich elegant. Mit so drei Knöpfen auf der Seite, weißt eh?"

„Ein Chronograph?"

„Ja, so ein Chronograph."

„Mehr weißt du nicht? Clara, davon gibt es bei uns Hunderte."

„Silbernes Armband. Hilft das vielleicht?"

„Nein, meine Liebe, das hilft kein bisschen."

„Gehst du mit rauf mit mir, bitte? Ich komme mir alleine immer so blöd vor."

Sie stehen nebeneinander vor den Vitrinen. Der Verkäuferin oben hat Dani gleich abgewunken. So gut kennt sie Clara schon, dass sie weiß, dass es ihr unangenehm wäre, mit der darüber zu reden. Dani steht wortlos geduldig daneben, während Clara schaut und schaut und hin- und hergeht und schaut und schaut. „Du, Dani, habt ihr auch Tag Heuer da?", fragt sie endlich. „Sicher! Zemina, komm mal her, bitte", ruft sie nun die Verkäuferin doch zu sich. Dani ist beim Weikhard sowas wie die rechte Hand vom Juniorchef, der ja nicht nur die Geschäfte führt, sondern auch der Inhaber ist oder zumindest eines Tages sein wird. Also, es ist jetzt nicht genau definiert, wem sie wie vorgesetzt ist, aber jedem ist klar, dass sie schon etwas anzuschaffen hat. Die Verkäuferin namens Zemina kommt dementsprechend schnell auf Clara zu, schaut auch nur sie an, nicht Dani, obwohl diese sie bittet, sie möge doch die Tag Heuer Uhren herzeigen. „Kommen Sie doch bitte mit", führt sie Clara zu einer anderen Vitrine. „Da! Das ist sie!" – „Ein sehr schönes Modell, die Carrera Automatik", beginnt Zemina mit dem Verkaufsgespräch und nimmt die Uhr heraus. Sie fühlt sich sichtlich unwohl unter den Augen von Dani verkaufen zu müssen und versucht, direkt nach Lehrbuch vorzugehen. Doch Clara hat ohnehin nur ein Interesse an dem Chronographen. „Wieviel kostet die?" – „Die kommt auf 3.490

Euro." Die Verkäuferin wirft Claras Freundin einen winzigkleinen Blick zu, den Clara nicht deuten kann. „Bist du wahnsinnig!", fährt es Clara aus, „3.500 Euro kostet die?". „Danke Zemina", antwortet Dani. Jetzt versteht außer Dani überhaupt niemand mehr die Situation. Zemina wollte gerade loslegen, die Vorzüge dieses Modells zu unterstreichen. Clara würde jetzt gerne wissen, was es mit dem Blick auf sich hatte, aber traut sich nicht zu fragen. Nur Dani hat den Durchblick, nimmt Clara ganz sanft am Ellbogen und führt sie wieder Richtung Stiegen. Zemina bleibt verdutzt zurück. „Sie hat mich nur so angesehen, weil sie wissen wollte, ob du unseren Mitarbeiterrabatt bekommst." - „Ah, ok. Ich dachte schon, sie hat so geschaut, weil sie gewusst hat, dass ich mir so eine Uhr nicht leisten kann." „Ich schon, aber die Zemina nicht." Clara schüttelt den Kopf. So eine Tag Heuer um dreieinhalbtausend ist hier beim Weikhard also noch in der Billig-Uhrenabteilung angesiedelt. Wo ist denn dann ihre ICE Watch her? „Und jetzt wollte ich nicht, dass sie mit ihrer mustergültigen Verkaufsberatung beginnt. Du willst die Uhr ja nicht kaufen, oder? Du wolltest nur den Preis wissen." Und eben solche Gesten von der lieben Dani sind der Grund, warum diese Freundschaft schon so lange hält. Da ist sie einfach ganz besonders einfühlsam, das muss man ihr lassen. „Setzen wir uns ins Verkaufseck und trinken einen Kaffee? Ist eh noch nichts los um die Zeit."

Die Clara hat sich momentan ja eher auf Wasser spezialisiert, aber ein bisschen über Belanglosigkeiten plaudern, bevor der Arbeitstag losgeht, kann nicht schaden. Und den polternden Gedanken könnte es vielleicht auch kurz den Garaus machen.

„Jetzt erzähl! Wie hat denn der Tote ausgeschaut!" Ok, das mit den Belanglosigkeiten wird hier wohl nicht stattfinden.

-- FÜNF --

Anders hatte sie es auch nicht erwartet. Die heillose Aufregung im Haus war ja direkt schon auf der Schmiedgasse zu spüren. Und kaum hat sie die erste der zahllosen Hintertüren aufgemacht, schon ging es los. Ein Kollege nach dem anderen, ein Casino-Mitarbeiter nach dem anderen. Alle wissen sie schon Bescheid und sehr zu Claras Leidwesen ist auch allen bekannt, wer den Sandler gefunden hat. „Das war ja vielleicht was gestern! Sowas in unserem Haus!" Clara schaut ihren Chef an. Fassungslos. Hat der das gerade wirklich gesagt? Ihr Kopf kann gerade gar nicht zuordnen, auf wie viele unterschiedliche Weisen das Gesagte falsch ist. Jetzt einmal das rein Inhaltliche. „Unser Haus" - das war doch mitnichten unser Haus. Oder sein oder ihr Haus, wie auch immer der Schenker das gemeint hat. Sie sind die Untermieter der Untermieter. Und überhaupt - hört der Typ eigentlich, was er da von sich gibt? Man trifft im Leben ja immer wieder Leute, bei denen man sich nicht sicher ist, ob sie selbst hören können, was sie reden. Bei vielen muss man auch einfach davon ausgehen, dass sie nicht ALLES hören, was sie reden, weil das dann einfach zu viel für einen einzelnen Menschen wäre. Jetzt ist der Schenker im Prinzip nicht so ein Typ. Das soll ihn nicht auszeichnen oder so, weil - naja - sagen wir mal, er ist weder ein super Chef noch ein Top-Gastronom noch wird er vom Personal großartig geschätzt, aber er ist eben kein Schwätzer. Das genaue Gegenteil eigentlich. Der Kerl ist nie am Telefon zu erreichen, wirkt immer extrem wortkarg und fast ein wenig schüchtern. Nicht von der guten Sorte schüchtern, die dann irgendwie automatisch liebenswert werden, wenn sie nicht wissen, wohin sie mit ihren Händen sollen und rote Wangerl und gesenkter Blick und all das. Er ist einer von denen, die ihre Unsicherheit zu überspielen versuchen und dadurch arrogant wirken. Und genau da haben wir auch den Hund, den begrabenen. Dem Schenker ist nämlich klar, dass er sich zu dieser Angelegenheit äußern muss, aber offensichtlich hat er das richtige Reden bei all dem Verstecken vor seinem Personal und den Gästen schon verlernt und jetzt kommt so ein Stuss raus. Claras Blick, der eine Mischung aus Ärger und Unverständnis in sich trägt, entgeht ihm nicht. Ok, die Wangen werden doch ein bisschen rot. „Ihnen geht es gut?", wie die Erlösung fällt die Frage auf die beiden nieder. „Jaja, alles bestens. Haben Sie noch eine Jacke für mich, bitte? Meine hängt unten in der Umkleide...". Den Gedanken, warum sie die nicht holen kann, muss sie wenigstens nicht mehr aussprechen, das ist sogar einem Schenker klar. Er nickt und geht. Clara atmet durch, doch es scheint so, als hätten zwanzig Leute nur darauf gewartet, dass der Schenker endlich verschwindet, um die Clara mit Fragen zu bombardieren. Sie fügt sich ihrem Schicksal und erzählt, was sie weiß. Also, nicht ganz alles, denn sie weiß selbst immer noch nicht alles, was sie eigentlich weiß.

Nach einer halben Stunde wird die Traube an Leuten um sie endlich weniger. Es bleiben nur noch ein paar Gäste, die sie zum Teil nicht einmal kennt, und die Gerli vom Congress. Die ist einfach nur erleichtert, dass sie es gestern mit ihren Brötchen und Plundern rechtzeitig weggeschafft hat, sodass sie von dem ganzen Vorfall gar nichts mitbekommen hat. „Ja, es war dein Glück, dass du so im Stress warst." – „Ja, genau.

Ich muss mich wohl bei unserem Rauschkind bedanken, dass er nicht zu seinem Vortrag erschienen ist." – „Wie meinst?"

„Na, ich musste so schnell eine Kaffeepause improvisieren, weil alle aus dem Stefaniensaal rausgekommen sind, weil ein Vortrag nicht stattgefunden hat. Der Vortragende, der eine präpotente Deutsche, hat am Vorabend so viel gesoffen, dass er nicht rechtzeitig erschienen ist."

„Bei uns unten im Casino?"

„Ja, ich glaube, da haben die so Gas gegeben und der halt ein bisschen zu viel."

Clara denkt kurz nach, wen die Gerli mit präpotentem Deutschen meinen könnte. „Den müsste ich doch auch gesehen haben, ich hatte da ja Dienst drüben an der Bar. Und die Sabine hat überhaupt Schlussdienst gemacht. Wie hat der denn ausgeschaut?"

„Das war der eine: Ich glaub, aus Frankfurt. So braune Haare und ganz fesch gekleidet, aber eben ein echter Kotzbrocken. Mir ist auch vorgekommen, so ein bisschen ein Weiberer. Die Damen vom Congress haben gesagt, er wäre direkt vom deutschen Radiologenverband. Der ist denen im Vorfeld auch schon unangenehm aufgefallen."

„Gut, das heißt ja nicht viel", erwidert Clara. „Wahrscheinlich sind die ihm auch schon unangenehm aufgefallen." Beide schmunzeln. Mit den Damen vom Congress verhält sich das nämlich so, wie soll man sagen, schwierig. Damit sind die gemeint, die direkt beim Congress-Zentrum angestellt und für die Veranstaltungen verantwortlich sind. Die Struktur hat die Clara nie so ganz durchschaut, irgendwie gehören die zur

Stadt, irgendwie zur Grazer Messe, aber auf jeden Fall ist der Congress Graz wieder eine ganz andere Firma als die Romani Gastronomie. Nicht, dass die Clara je ein Problem mit den Damen gehabt hätte. Aber sie hat schon das eine oder andere Mal erlebt, dass die Zusammenarbeit mit ihnen nicht ganz reibungslos verlaufen ist. Natürlich kann sie all ihre Erfahrungen nur auf das Catering beziehen und eben da gab es schon öfters Brösel. Nur ist sie schon auch ehrlich genug, um zuzugeben, wenn die andere Partei nun mal Recht hat. Sprich, wenn das Menü tatsächlich nicht dem Angebot entspricht oder ein internationaler Kongress mal wieder nur mit deutscher Buffetbeschilderung auskommen muss. Solche Dinge passieren. Ja, eigentlich am laufenden Band. Und dann sind die Damen vom Congress halt nicht gerade die sanftesten. Klipp und klar sagen sie ihre Meinung. Und eventuell auch einem Veranstalter, das kann die Clara zwar in Wirklichkeit nicht beurteilen, aber darauf spielt sie an. Sie selbst nimmt solche Kritik nicht persönlich und einschüchtern lässt sie sich schon gar nicht davon. Denn für die Patzer vom Büro kann sie nichts. Aber sie ist auch keine, die die Ladys jemals in die Schranken weisen würde. Das dürfte wohl auch der Grund sein, warum sie mit den beiden ganz gut zurechtkommt. Man kann aber mit Gewissheit sagen, dass es nicht jeder so leicht nimmt mit der direkten und streitbaren Art, vor allem, wenn einer ihnen nicht einfach aus dem Weg gehen kann, wie die Clara es zur Not tut. „Weißt du, ob das der Typ mit der gestreiften Krawatte war?“ - „Boah, Clara, da oben hat fast jeder eine gestreifte Krawatte. Aber ja, er auch. Kann mich erinnern.“

„Ja, die war doch recht auffällig. Also, eigentlich wirklich schön, oder? So silber und hat total super zum grauen Anzug gepasst. Der"?

„Ich glaub, der war das, ja. So dunkle Haare, recht moderner Schnitt, ich hätte ihn auf Anfang fünfzig geschätzt."

„Du, ich weiß wirklich, welchen du meinst." Clara geht völlig auf in dem Gespräch. Die Erleichterung, eine banale Konversation mit Lästerinhalt führen zu können, lässt sie voll mitleben. „Du hast gesagt, so ein Weiberer, gell? Der hat da am Abend eine abgeschleppt, glaube ich. Also, zumindest standen die beiden kurz davor, miteinander heimzugehen."

„Er hat auch so ein bisschen versucht, mit mir zu schäkern. Deshalb ist er mir ja wie ein Aufreißer vorgekommen. Aber einer, der schon so etwas Lautes und Aufdringliches an sich hat, ist nicht mein Typ."

„Und selbstverständlich ist niemand außer dem Heinz dein Typ, richtig?", erinnert sie die Gerli an ihren ebenso im Betrieb angestellten Ehemann. „Aber sag, ist er eigentlich später aufgetaucht, oder liegt der immer noch in seinem Öl irgendwo im Hotelzimmer rum?"

„Nein, der hat sich nach dieser Blamage nicht mehr hergetraut. Aber er kann eigentlich nicht nach Hause geflogen sein, weil die Lufthansa ja streikt. Das habe ich auch mitbekommen. Fast alle deutschen Kongressteilnehmer hängen hier fest."

„Ah, stimmt. Ich habe das vorgestern auch gehört. Jetzt erinnere ich mich. Nein, wenn wir denselben meinen, ist der schon weg. Der hat nämlich sowas von geprahlt damit, dass er Graz auf dem einzigen Flieger verlassen wird, der noch nach Frankfurt fliegt. Du hast Recht, das war ein richtiger Kotzbrocken. Aber die blonde Maus ist ziemlich auf ihn abgefahren, das sag ich dir!“

„Uh, du musst mir dann noch mehr darüber erzählen, aber ich muss wieder rauf. Die haben jetzt noch ihr Mittagessen, dann die Kaffeepause und dann war es das mit dem Radiologenkongress.“

In der Zwischenzeit hat Clara auch schon eine neue Zirkusdirektorenjacke von einem Kollegen bekommen und zieht sie an. Ihre Schicht wird heute normal lange dauern, und das mit dem Hintergrund der Ereignisse von gestern. Noch hat sie nicht ein Getränk ausgeschenkt, aber vielleicht macht das viele Labern die Gäste wenigstens durstig. Wie oft wird sie die Geschichte wohl erzählen müssen?

-- SECHS --

Wenn ihr heute oder eigentlich gestern Vormittag irgendjemand gesagt hätte, dass sie jetzt, um viertel drei in der Früh vor der Nachtrezeptionistin vom Hotel Weitzer stehen würde, hätte sie den für verrückt erklärt. Und schön langsam war sie selbst ein wenig verunsichert von all den komischen Aktionen, die sie seit dem Tod ihres Sandlers so bringt. Erst bestellt sie aus dem Nichts heraus den Herrn Inspektor oder Officer oder Kommandanten - sie wird es nie erfahren - ins Café Tagtraum, dann marschiert sie aus heiterem Himmel beim Weikhard ein, um sich bei der Dani über die Uhr des Toten zu erkundigen und jetzt steht sie nach Dienstende noch an der Rezeption vom Weitzer ohne eine Idee, was genau sie von der Dame wissen möchte. In der Zirkusdirektorenjacke noch dazu. „Ob uns ein Gast abgeht? Wie meinen Sie das?" - „Naja, wir hatten ja bei uns den Radiologenkongress und da ist gestern DER Vortragende ausgefallen. Jetzt wollte ich fragen, ob der bei Ihnen wohnt und mich erkundigen, ob alles in Ordnung ist." Die Dame hat bis vor kurzem genauso wenig damit gerechnet, dass Clara vor ihr stehen würde wie Clara selbst. „Was? Wen meinen Sie denn?" „Ich weiß leider seinen Namen nicht. Er ist aus Frankfurt." „Ich, also, ich weiß nicht. Ich darf Ihnen nicht einmal Auskunft geben." „Aber die Radiologen wohnen doch hier." „Großteils, ja. Im Wiesler drüben sind auch welche untergebracht." Clara schaute der Dame kurz in die Augen. Es beschleicht sie das Gefühl, dass die schon genau weiß, von wem Clara spricht. „Aber der Herr, den ich meine, ist hier untergebracht. Oder war hier untergebracht. Kann auch sein, dass er schon ausgecheckt hat. Anfang fünfzig, cooles Outfit, schöne Krawatte. Braunes Haar, mittelgroß und eben aus Frankfurt." „Meine Dame, von wo sind Sie? Vom Congress? Ich kann Ihnen da nicht weiterhelfen." - „Ja, ich verstehe schon, aber es ist wirklich wichtig. Vielleicht bin ich die letzte Person gewesen, die ihn gesehen hat - lebend", fügt Clara noch an, um hier einmal ein bisschen Dramatik reinzubringen. Da fällt ihr noch ein Ass ein, das sie zücken könnte: „Und wissen Sie, der Herr Oberkommandant Fritz von der Polizei, der macht sich auch schon so seine Gedanken dazu. Also, sonst könnten wir den ja anrufen? Dann dürfen Sie doch bestimmt Auskunft geben, oder?" Volltreffer. Die Polizei im Haus, wenn nur die Nachtrezeptionistin alleine Dienst hat, ist nur bedingt erstrebenswert. „Na, ich schau mal nach, ob ich Ihnen da helfen kann. Wir wissen ja ohnehin keine Namen, somit gebe ich auch keine vertraulichen Daten raus, richtig? Also, wir haben momentan 82 Radiologen im Haus. Frankfurter Adressen davon: vier." „Und gestern? Waren da mehr von dem Kongress da? Also, hat schon jemand ausgecheckt?" „Moment, ich muss erst schauen, wie ich zu den Infos komme. Da. Ja, zwei Personen haben bereits ausgecheckt." „Also waren es insgesamt 84 Kongressteilnehmer", überlegt Clara laut. Es folgt ein kurzes Schweigen, während die Rezeptionistin auf den Bildschirm starrt und nur wenige Tasten bedient. „Was?", fragt Clara. „Komisch, es waren nur 83 Personen.", antwortet die Dame ohne aufzublicken. „Da muss irgendwo ein Fehler sein."

-- SIEBEN --

Sieben Uhr ist eine Uhrzeit, zu der man seine lieben Verwandten und Freunde eher noch nicht anruft, um zu fragen, wie die Woche bis jetzt so gelaufen ist. Aber nach einer weiteren Nacht ohne richtigen Schlaf findet Clara die Uhrzeit ideal, um einmal bei ihrem neu gewonnen Freund, dem - ähm - Inspektor Fritz anzurufen. „Frau Linhart, ich weiß nicht, worauf Sie hinauswollen. Wir werden ihn identifizieren, aber er war nun mal obdachlos und hatte keine Papiere bei sich. Und ja, eine Obduktion ist im Gange, das ist in solchen Fällen üblich, aber ich habe noch keine Ergebnisse am Tisch. Gerne rufe ich Sie dann an, aber bitte, glauben Sie mir. Ich habe schon so viele solcher Fälle gehabt, der werte Herr hatte ein Organversagen aufgrund starker Alkoholisierung." „Übrigens kostet die Uhr am Handgelenk meines Sandlers 3.500 Euro." - „Tja, dann wird der Besitzer bestimmt besonders traurig sein, dass sie weg ist. Ich mache mich einmal schlau, ob es eine Diebstahlsanzeige gibt." - „Herr Fritz?" - „Ja, Frau Linhart" - „Es ist eine Tag Heuer Carrera Automatik. Ein Chronograph. Wer auch immer so eine Uhr besitzt, kennt den Namen bestimmt genau und würde ihn bei einer Anzeige nennen."

Heute ist jedenfalls Claras freier Tag und an diesem möchte sie genau das tun, zu was sie seit dem Leichenfund nicht gekommen ist und zwar die zweihundert Euro Trinkgeld von der Gerda in Waren umwandeln - in textile Waren, um genau zu sein. Da aber ein paar Minuten nach sieben genauso wenig ideal zum Kohleverpulvern ist wie für Verwandtentelefonate, stellt sich Clara unter die heiße Dusche und überlegt einmal so ins Blaue. Ab acht Uhr ist der Empfang vom Congress besetzt. Meistens kommen die Mädels ein wenig früher. Vielleicht bekommt sie dort ja einen guten Kaffee und kann ein wenig plaudern. „Die Mädels“ vom Congress sind anders als „die Damen“ vom Congress. Die zwei, die abwechselnd am Empfang sitzen, fallen in die Kategorie „äußerst umgänglich“. Klar, die müssen hier ziemlich was abfangen und mit den hierarchisch höher gestellten Damen in Harmonie leben. „Da wird man wahrscheinlich, was zwischenmenschliche Beziehungen angeht, recht ausgeglichen“, denkt sich Clara. Sie hat sich schon immer gerne den Klatsch und Tratsch von ihnen auftischen lassen, wenn sie einer der beiden im Haus begegnet ist.

„Ja, Clara, was führt dich denn um die Uhrzeit zu mir?“, fragt die Gudrun, als Clara schon drei Minuten vor acht bei ihr vor dem Empfangstisch steht. „Der Geruch von Kaffee“, antwortet sie. „Oh Mann, Clara, jetzt fällt es mir gerade ein. Du hast ja den Toten unten gefunden, oder? Setz dich her, sicher mach ich dir einen Kaffee“, und schon springt sie hinter ihrem Tresen hervor und rennt in die kleine Office-Küche. „Wie lange hast denn Zeit?“, fragt Clara, was so viel bedeutet, wie „wann kommen ‚die Damen‘?“ Und wenn man so lange hier im Haus arbeitet wie die Gudrun, ist einem klar, was gemeint ist. „Du, hier schlägt vor neun Uhr niemand auf. Kannst schon froh sein, wenn die um neun einstempeln.“ „Gut“, sagt Clara, weil es ihr ja nicht darum geht, die Arbeitszeiten „der Damen“ zu kontrollieren. Hauptsache sie muss ihnen nicht Rede und Antwort stehen. „Du, Gudrun, sag, hast du das von dem

Referenten mitbekommen, der nicht zu seinem großen Vortrag erschienen ist? Der Herr Kaltenböck?", rät Clara. Sie hat von der Rezeptionistin im Endeffekt doch zwei Namen bekommen. Zwei Herren von den Radiologen haben aus dem Weitzer ausgecheckt und einer ist auch tatsächlich abgereist. Das muss wohl der vermisste Vortragende gewesen sein. „Ich sage dir, Clara, die waren vielleicht alle sauer auf den Typen. Ich habe das ja nur am Rande mitbekommen. Ich meine, was sollen wir hier auch tun, wenn denen ein Vortragender ausfällt? Kann ja nicht ich mich stattdessen auf die Bühne stellen. Zumindest nicht, wenn es nicht zufällig um die neuesten Diäten der Hollywood-Stars geht. Aber eine Stimmung hat hier geherrscht. Der hat ja am Vorabend so viel gesoffen, dass er es nicht zu seinem Auftritt geschafft hat. Und darüber hinaus war das ein Kotzbrocken sondergleichen."

„Aber die Ladys scheinen ihn zu mögen."

„Na, da habe ich aber etwas ganz Anderes gehört. Richtig verhasst war der."

„Die haben ja bei mir unten im Casino gefeiert und da war diese Blondine, also, ich würde mal sagen, bei der ist er so richtig gut angekommen."

„Ah, da kennst du ja die Geschichte gar nicht. Dieser Kaltenböck war nämlich eigentlich mit der einen Rothaarigen liiert. Sie war da so hysterisch vorgestern in der Früh, dass ich nicht mit Sicherheit sagen kann, ob die ein Rad ab hat und sich diese ‚Beziehung' nur eingebildet hat, oder ob die fix ein Paar waren. Jedenfalls war sie der Meinung, dass er ihr da bei der Casino-Party untreu war. Sie ist dieser Blondine..., warte, wie hat die schnell geheißen? Ich glaube Reinisch, die ist eine Österreicherin. Jedenfalls wollte sie der richtig an die Gurgel."

„An eine Rothaarige kann ich mich gar nicht erinnern. Weißt du ihren Namen?"

„Nein, an die kannst du dich auch nicht erinnern können. Denn die war nicht mit dabei an dem Abend. Die Arme hat nämlich in ihrem Hotelzimmer auf den Kaltenböck gewartet."

„Wie heißt die?"

„Da fragst mich jetzt zu viel, aber sie ist auch aus Frankfurt."

„Ok. Also dieser Kaltenböck hatte eine Beziehung mit der Rothaarigen aus Frankfurt. Und die Blonde war eine Wienerin."

„Ja, hat so geklungen. Österreicherin auf jeden Fall."

„Nein, ich weiß das. Weil unten bei der Party war ja das große Thema der Streik der Lufthansa. Und jeder hat ja auf den Kaltenböck so geschimpft, weil der mit seinen Connections geprahlt hat und wie er sich noch den letzten verfügbaren Sitz auf dem Flug nach Frankfurt gesichert hat für die nächsten Tage."

„Meinst du etwa, der hat seinen Vortrag sausen lassen, weil der Flug früher war?"

„Geh, Blödsinn! So ein Angeber, wie der war, der würde nie freiwillig die Bühne stehen lassen. Ich sage nur, die Wienerin hat mit ihm gegen die ganzen Deutschen gestichelt, weil sie ja - wie sie eben gesagt hat - leicht lachen konnte. Sie war mit dem Auto da und musste nur retour nach Wien. Deshalb weiß ich zufällig, woher die Blonde war."

Und nachdem sie hier die Fakten summiert hat, weiß die Clara, was sie zu tun hat. „Sag, Gudrun, ist der Veranstalter noch da?“ – „Ja, der kommt heute noch sein restliches Zeug holen. Eh bald einmal, glaub ich.“ – „Na, vielleicht erwische ich ihn zufällig noch“, dabei ist es glasklar, dass Clara sich von diesem Sessel nicht auf bewegen wird, bevor sie nicht mit dem Veranstalter gesprochen hat.

„Aber jetzt erzähl, Clara, was ist da passiert mit dem Toten.“

Endlich die Erlösung! Der Veranstalter vom Radiologenkongress kommt zur Tür herein. Die Clara fühlt sich nämlich schon ganz schlecht. Jetzt ist die Gudrun so lieb und füttert sie mit Infos und zum Dank bekommt sie von der Clara nur Lügen über den toten Sandler aufgetischt. Oder Unwahrheiten oder sagen wir, nicht die gesamte Wahrheit. Aber sie kann ihr doch nicht beichten, dass der Obdachlose nicht ganz so obdachlos war, sondern sein Obdach eben unter dem Congress-Dach hatte. Und den Teil mit der Uhr hat sie auch weggelassen. Und natürlich all das Wissen, von dem die Clara selbst noch nichts weiß. Egal, der Veranstalter rettet sie aus der misslichen Lage. Während er in den Seminarraum marschiert, der ihm offensichtlich als Lagerplatz diente, läuft die Clara schnell nebenher. „Grüß Gott, Herr Brügger, Sie sind doch der Organisator des Kongresses. Ich bin Clara Linhart vom Catering“, konkreter will sie nicht werden. Wenn sie die Formulierung so stehen lässt, kann sie alles sein. Er würde vielleicht denken, sie sei eine Büroangestellte oder die Restaurantleiterin. „Jedenfalls hat ihr Vortragender, der Herr Kaltenböck, etwas bei uns liegenlassen. Dürfte ich Sie um eine Nummer bitten, unter der ich ihn erreichen kann?“ Er bleibt momentan stehen, fährt herum, schaut ihr ins Gesicht und blökt: „Lassen Sie mich bloß mit dem in Ruhe! Dieser Arsch hat meinen Kongress ruiniert. Wissen Sie, wie viele Leute nächstes Jahr zur Tagung kommen werden? NULL! Wer gibt 670 Euro aus für einen Kongress, bei dem der Keynote Speaker so viel säuft, dass er keinen Vortrag halten kann? Den verklage ich auf Schadensersatz, das sag ich Ihnen. Richten Sie es ihm aus!“, er zieht sein iPhone raus und hämmert mit dem Zeigefinger aufs Display, dass der Clara ganz anders wird. „Falls er jemals wieder rangeht. Dieser Feigling ist ja auch nicht mehr erreichbar, seit er mich hat sitzen lassen. Vielleicht haben Sie mehr Glück.“ Clara tippt gleich die Nummer mit ein. „Gibt es denn eine Büronummer, unter der er erreichbar ist?“ – „Sicher. Die vom Verband. Da hat er sich wohl abgemeldet. So ein Arschloch. Seinem Vorstand hat er eine WhatsApp geschrieben, dass er in Graz festsitzt wegen dem Lufthansa-Streik. Und mir? Nichts. Nicht einmal eine bescheuerte WhatsApp! Der soll tot umfallen, dieser arrogante, präpotente Nichtsnutz!“ Wie könnte man denn so jemanden beruhigen? Oder soll Clara ihn überhaupt beruhigen. Es ist ja wohl ganz offensichtlich, dass der Kerl sich hier nicht gerade viele Freunde geschaffen hat. Der Zorn ist auch ihrer Meinung nach berechtigt. „Aber wissen Sie“, Clara denkt nicht mehr länger darüber nach, dass sie den Herrn Brügger zu beruhigen versuchen könnte, denn Sätze, die mit „aber wissen Sie“ anfangen, sind gute Sätze, „was mich am meisten ärgert? Dass ich diesem Idioten auch noch all seine schamlosen Forderungen erfüllt habe. Die eigene Garderobe, den Vortrag erst am zweiten Tag. Wer macht überhaupt die Keynote Speech erst am zweiten Tag eines Kongresses? Nur ich Vollpfosten, der ich mich so täuschen hab lassen. Erste-Klasse-Tickets. Mir hat er zu verdanken, dass er seinen Flug überhaupt auf einen früheren hat umbuchen können. Und dann versäumt er den Flieger, oder wie? Oder lässt ihn für irgendeinen Flirt sausen? Der sitzt nicht in Graz fest. Das habe ich seinem Vorstand im Verband gleich gesagt. Ich habe angerufen und gefragt, ob die bei der Lufthansa so kulant sind und ihm – dem Superstar unter den Radiologen – den Flug umbuchen. Und wenn einer ein Erste-Klasse-Ticket hat, dann gibt man dem eben den allerletzten Platz auf dem Flieger. Und jetzt sitzt der schön irgendwo an der Mur und lacht sich eines. Wenn er überhaupt schon seinen Rausch ausgeschlafen hat." Nebenher klopft er wieder auf das Display seines Telefons und sagt der Clara schließlich noch die Nummer des deutschen Verbandes an.

-- ACHT --

Gut, der Kaltenböck hat sein Handy immer noch ausgeschaltet und die beim Verband bestätigen, dass er eine WhatsApp geschrieben hat, dass er in Graz festsäße. Da stimmt doch etwas nicht! Er hat aus dem Weitzer ausgecheckt und das - laut Informationen der Rezeptionistin - zu einer Zeit, die früh genug war, um den letzten Lufthansaflug von Graz nach Frankfurt zu erwischen. Wo war er hin?

„Frau Linhart, uns ist niemand als vermisst gemeldet worden." „Kann ich das nicht tun?" „Nichts für ungut, aber warum sollten Sie? Sie haben mir doch die ganze Geschichte gerade erzählt. Es gibt zwei Möglichkeiten: Entweder schämt er sich so für sein Verhalten, was ich mir bei Ihrer Beschreibung seiner Persönlichkeit nicht vorstellen kann, oder er ist bei einer der beiden Miezen untergekommen. Vielleicht hat er sich mit der Rothaarigen versöhnt. Oder er ist mit der Blonden mit nach Wien gefahren. Er hat sich ja quasi entschuldigt bei seinem Arbeitgeber, dass er noch nicht zurück ist. Macht doch jeder von uns mal, oder?" Clara macht so etwas nie. Was nicht heißt, dass sie es dem Vermissten nicht zutraut. „Hören Sie mir nur kurz zu Herr - ähm - Inspektor? Sein Handy ist seit seinem Verschwinden aus. Eine WhatsApp aber schreibt er? Herr Fritz, bitte tun Sie mir doch nur diesen kleinen Gefallen und klären das zumindest bei den beiden Frauen ab, ja? Einfach damit ich wieder schlafen kann. Für Sie ist es viel leichter als für mich."

„Ist gut. Ich kläre das. Sagen Sie mir doch, was Sie über die zwei wissen." So ganz ehrlich kommt das Schnaufen des

Polizisten nicht rüber. Das liegt aber vielleicht auch an den großen braunen Augen von der Clara, die dazu tendieren, noch eine Spur weiter aufzuschlagen, wenn sie eine Bitte hat. „Ach übrigens, Frau Linhart, Ihr Sandler hat sich gar nicht zu Tode gesoffen. Er dürfte eine Gehirnblutung durch einen starken Aufprall erlitten haben. Wahrscheinlich im Suff gestürzt, den Schmerz durch die starke Alkoholisierung - die haben sie mir dort bestätigt - nicht bemerkt und dann im Schlaf kurze Zeit später verstorben." Die Clara sagt dem Polizisten, was sie über die beiden „Miezen", wie er sie zu ihrer großen Unterhaltung genannt hat, in Erfahrung gebracht hat. Den Rest muss der Herr Fritz jetzt alleine erledigen. Die Clara würde da ohnehin nur blöd daneben stehen, wenn es jetzt um eine echte Amtshandlung geht. Sie verlässt das Wachzimmer. „Ein schöner Februartag war wohl schon alles, was man hier erwarten kann", denkt sie, als sie jetzt rauf zum Graz-üblichen grauen Himmel schaut. Ihr knurrt der Magen und so kann sie ihre Shoppingtour bestimmt nicht starten. Es gibt ja Frauen, denen es nichts ausmacht, sich einfach so ganz alleine in den Landhauskeller zu setzen und sich was Ordentliches zu essen zu bestellen. Zu diesen Frauen gehört die Clara nicht. Zwar würde ihr das Restaurant gleich gegenüber der Polizei in der Schmiedgasse sehr gelegen kommen - auch was ihren Gusto betrifft, aber so ganz alleine wird es jetzt wohl doch eher der Mc Donald's werden. Zum Jakominiplatz ist es auch nicht weit und sie beschließt, vorne auf der Herrengasse zu gehen. Wieder schaut sie mehr durch die Auslagen durch als tatsächlich auf die ausgestellte Kleidung. Gar nicht so wenig los hier in der Stadt für einen Donnerstag. Recht viele junge Leute, auch Schüler. Es ist schon früher Nachmittag, die meisten Schulen sind also schon aus. Auch Mamas mit Kindern. Gegenüber der Gastgarten vom Maria Magdalena. Der ist sogar im Februar voll. Heizschwammerl strahlen rot auf die Köpfe der Gäste, die zusätzlich in Decken eingehüllt sind. Sie schaut sich die jungen Leute genau an. Die meisten sind noch mit Rucksack unterwegs - offensichtlich am Heimweg. Manche kommen auch eher vom Sport. Ihr Blick trifft den eines Mannes, der nickt ihr zu. Sie nickt zurück. Hinter ihm eine Frau, heillos überfordert mit ihrem Hund, der sie fast vor die Straßenbahn zieht. Lautes Klingeln, große Aufregung, aber nichts passiert. Auch der Hund kommt unversehrt aus der Geschichte raus.

Lustlos kaut sie auf ihren Pommes Frites herum. Der Mc Donald's hat die besten Pommes. Generell. Aber heute machen die sie nicht so glücklich. Der Big Mac detto. Aber den Hunger vertreiben sie gut und die Clara versucht nachzudenken, was sie sich heute kaufen wird. Nicht, dass es da viel nachzudenken gibt. Sie wird wieder zum Zara gehen, dann zum H&M und den Kaffee wird sie sich dann im Maria Magdalena... „OH MEIN GOTT!", schreit sie durch das ganze Obergeschoß vom Mc Donald's. Es wird in der Sekunde mucksmäuschenstill im Raum, alle starren Clara an. Sie springt auf, schnappt Tasche und Jacke und rennt los. Richtung Maria Magdalena. Vor dem Lokal bleibt sie auf den Straßenbahnschienen stehen. Sie schaut links und rechts, doch keine Spur. Hier war es. Auf der Höhe. Ganz sicher, denn da war auch die Frau mit dem Hund, die fast von der Straßenbahn überfahren worden wäre. Sie rennt weiter Richtung Hauptplatz. Aber vergeblich. Der Mann ist weg. Doch sie weiß es! Es ist eindeutig. Der Mann, der ihr zugenickt hat, ist ihr Sandler. Er lebt! Er lebt und er hat sie erkannt und sie ihn auch. Halt etwas verspätet. Doch diese sanfte Gestik mit dem Kopf, es war die gleiche, die er auch immer schon in der Umkleide gemacht hat. Er hat nur irgendwie anders ausgesehen - so im Tageslicht und quietschlebendig. Clara versucht, kurz innezuhalten und ein Bild in Gedanken abzurufen, wie er ausgesehen hat und dann marschiert sie die Herrengasse auf und ab, hinten rum durch die Färbergasse, Färberplatz, wieder zurück, weiter vom Hauptplatz Richtung Schlossbergbahn, die Sackstraße entlang und retour zum Hauptplatz, sie sucht den Südtirolerplatz ab, und danach die Sporgasse rauf, die Burggasse, den Freiheitsplatz, sie marschiert und marschiert in einem Tempo, als wäre sie auf einem Kreuzzug. In Graz ist nichts wirklich weit entfernt, es sei denn, man sucht etwas - oder jemanden. Drei Stunden später gibt sie endlich auf. Ihre Füße schmerzen höllisch. Ihre Nike Air Max leisten zwar gute Dienste, denn ansonsten hätte sie wohl nicht jede Gasse der Grazer Altstadt ablaufen können, aber gegen die Murnockerl, wie die Pflastersteine hier heißen, haben nun auch ihre heißgeliebten Sportschuhe den Kürzeren gezogen. Wenigstens waren diese gänzlich überteuerten Markentreter einmal sinnvoll. Mitten am Hauptplatz bleibt sie stehen. Erschöpft und verzweifelt. Sie schaut rauf zum Erzherzog Johann. „Na, du? Hast du meinen Sandler gesehen?“, fragt sie ihn. Sie rechnet es ihm nicht als Unhöflichkeit an, dass er nicht antwortet. „Auch keine Ahnung, was?“, versucht sie der Statue zu demonstrieren, dass es schon in Ordnung ist, dass diese ihr nicht weiterhilft. Sie setzt sich an den Brunnen, um zu verschnaufen. Die letzten drei Stunden ist sie wie ferngesteuert durch die Innenstadt gerannt. Es ist jetzt an der Zeit, die Beine ruhen und den Kopf arbeiten zu lassen. Logisch! Langsam bauen sich in ihrem Kopf Fragmente von dem auf, was sie schon die längste Zeit weiß.

Was die Clara aber nicht weiß, ist, wie sie jetzt mit dem - ähm - Inspektor Fritz tun soll. Was genau soll sie dem sagen? Was darf der wissen? Und wie kann sie ohne seine Hilfe klären, was tatsächlich passiert ist?

-- NEUN --

Sie hat eh gewusst, dass sie Recht hat. Braucht ihr der Fritz gar nicht sagen. Der Kaltenböck ist abgängig, zumindest hat keine von den beiden Frauen mehr was von ihm gehört. Und zwar schon seit der Partynacht, nämlich genau um zehn nach drei. Die blonde Wienerin hat dem Fritz ohne große Scheu erzählt, dass sie sich da im Hotel Wiesler treffen wollten, um ihre enge Bekanntschaft dieses Abends zu vertiefen, wie sie es bezeichnet hat. Der Fritz erzählt der Clara das auch alles brühwarm. Sie hätten sich in ihrem Zimmer treffen müssen, weil drüben im Weitzer hatte ja die Rothaarige, Frau Anneliese Rothe heißt sie passender Weise, auch ihr Zimmer, und da war die Gefahr, dass sie in flagranti erwischt werden, zu groß. Aber der Kaltenböck hat offensichtlich kalte Füße bekommen und ist brav und artig in sein Zimmer gegangen, um dann am nächsten Tag für seinen Vortrag fit zu sein. Oder so. Jedenfalls war die Wienerin stocksauer. Das war ihr noch nie passiert, dass ein Mann sie einfach hat sitzen lassen. Und nicht nur einfach sitzen lassen, im Negligé hat sie ihn erwartet. „Wahrscheinlich hat die wahnsinnige Rothe ihn abgepasst und ihm eine Szene gemacht. Die war vielleicht eifersüchtig, das ist unvorstellbar. Dabei war das ja gar nichts Ernstes zwischen den beiden“, hat die Blonde behauptet.

Die Rothe selbst wiederum hat das ganz anders gesehen. Dieser elende Mistkerl hat sie immer wieder betrogen. Doch normalerweise hatte er zumindest so viel Anstand gehabt, es zu tun, wenn sie nicht mit auf Dienstreise war. Dass er das jetzt auf einem Kongress abgezogen hat, wo so viele Leute von ihrer Beziehung wussten, war wirklich das Letzte. Sie braucht von diesem Arsch gar nichts mehr zu wissen.

„Dieser Kaltenböck hat wirklich nicht viele Freunde. Wer weiß, wann den jemand vermisst hätte, Frau Linhart, wenn es Ihnen nicht aufgefallen wäre.“, sagt der Fritz zur Clara. Sie antwortet nicht. Die Geheimnistuerei macht ihr irgendwie zu schaffen. Sie fühlt sich unwohl hier im Café Tagtraum und rührt mit gesenktem Kopf im Milchschaum ihres Kaffees herum. „Aber wo ist der Kerl abgeblieben, ich verstehe das nicht? Er lässt sich dieses heiß-begehrte Ticket am letzten Lufthansa-Flug nach Frankfurt organisieren. Er erscheint nicht zu seinem Vortrag, checkt zwar zeitgerecht aus, sitzt aber nicht in dem Flieger. Das hat mir die Lufthansa bestätigt. Er ist nicht nach Frankfurt geflogen. Irgendwo hakt es doch, oder? Wieso hat er den Vortrag nicht gehalten, wenn er noch da war und wieso sitzt er dann nicht mit seinem überteuerten Ticket im Flieger?“ - „Weil er nicht mehr lebt!“, fährt es der Clara aus. Sie war noch nie so gut mit Geheimnissen. Das wurde ihr als Kind schon immer zum Verhängnis. Das war nie wirklich böse gemeint, sie war alles andere als eine Petze, aber kaum hat jemand dreimal nachgefragt, wer den Lack vom Nachbarsauto so zugerichtet hat, ist es aus ihr ausgefahren. Hat sie auch regelmäßig in Schwierigkeiten gebracht, dass sie in der Hitze des Gefechtes immer wie ein Kochtopf übergegangen ist. „Verdammt!“, flucht sie innerlich. Der Fritz ist kein Trottel und natürlich kann der eins und eins zu zwei zusammenrechnen. Bestimmt ist ihm der Gedanke auch schon gekommen. So schnell wie er jetzt auf den Zug aufspringt, ist klar, dass er kein Depp ist. „Der Kaltenböck ist der Tote, oder? Nicht Ihr Sandler.“ Clara schnauft. Sie schaut dem Fritz in die Augen und nickt. Es sind wohl nur ein paar Minuten Schweigen, aber die Clara hat das Gefühl, es würden Stunden vergehen, ohne dass der Fritz etwas sagt. Sie selbst kann nichts mehr äußern. Nicht einmal räuspern traut sie sich, es war ja schon viel zu viel. Aber nicht die Stille generell macht ihr so zu schaffen. Viel mehr fürchtet sie, was während dieser Ruhe passiert. Wenn der Fritz nicht redet, dann denkt er und das kann sie jetzt gar nicht gebrauchen. „Dann muss der Tote zwischen Auschecken und der Fahrt zum Flughafen verstorben sein.“ Clara zuckt mit den Schultern. Ja, die Zeitkomponente geht ihr auch noch nicht ganz auf. „Und eine WhatsApp hat er auch noch verschickt.“, antwortet sie. Der Fritz wird jetzt erstmal klären, ob der Tote tatsächlich der Kaltenböck ist und die Clara sagt, sie wird ihrer Shoppinglust frönen.

„Also, ob der Fritz das überhaupt darf?“, fragt sich die Clara, als sie die Nummer von der Rothaarigen wählt. Einfach wieder drauflosreden, denkt sie sich, dann hinterfragt die gar nicht erst, wer ich bin. „Hier spricht Clara Linhart. Der Herr - ähm - Inspektor Fritz hat mir Ihre Nummer gegeben, Frau Rothe.“ Oh nein, dieser dämliche Dienstgrad hat sie jetzt bestimmt verraten. Wenn die Anneliese Rothe weiß, welchen Dienstgrad er hat und das ist nicht Inspektor, ist sie aufgeflogen und sonst hat das Zögern sie verraten, denkt Clara. Aber nichts dergleichen tritt ein. „Was wollen Sie denn?“, faucht die Rothe ihr entgegen. „Hm, hysterisch hat die Gudrun gesagt. Unfreundlich obendrein.“, denkt sich die Clara. „Es geht um den Fall Kaltenböck“, sagt sie. „Was für ein Fall soll das sein?

Der Nichtsnutz hat sich aus dem Staub gemacht.“ Clara geht gar nicht erst darauf ein. „Frau Rothe, wie kommt es, dass Sie und Herr Kaltenböck, wo sie doch liiert waren und beide aus Frankfurt stammen, nicht auch gemeinsam nach Frankfurt zurückgereist sind.“ – „Jetzt hören Sie mir mal zu, liebe Frau, der Frank war ein Arschloch. Natürlich wollte ich mit ihm gemeinsam fliegen. Wir hätten ja auch mit einem Auto nach Wien fahren können und dann von dort gemeinsam fliegen. Von Wien gab es doch noch Möglichkeiten. Sind doch einige andere auch so geflogen, und der Veranstalter hätte das schon für uns geregelt, dass wir auf einer der Maschinen gewesen wären, aber der Frank hat sich doch noch nie für jemanden anders interessiert als für sich selbst. Ich weiß gar nicht, was ihm wichtiger war, dass er auf der früheren Maschine wieder von mir wegkommt oder dass er vor den anderen Teilnehmern prahlen konnte, dass er als einziger noch einen Flug hat. Ein Blender war der, ein widerlicher! Deswegen bin ich ja auch nicht mehr mit zu der Casino-Party. Der war mir direkt peinlich, so hat er den großen Zampano raushängen lassen. Als wäre das sein großer Verdienst, dass der liebe Herr Brügger ihm das Ticket verschafft hat. Er hätte so tolle Connections, hat er behauptet. Und dann hat ihn der Feiertag schon direkt auf Knien angebettelt, er möge ihm bei der Lufthansa helfen, dass er nach Hause kann, so hat sich der Frank wichtig gemacht. Echt zum Erbrechen! Jetzt wissen Sie, warum wir zwei keinen gemeinsamen Rückflug geplant haben. Und nach der Geschichte mit der blonden Tussi werden wir nie wieder gemeinsam irgendwohin fliegen.“, hinter all dem Zorn hört die Clara ein wenig Verzweiflung aus der Stimme der Frau. „Ja, das kann ich mir denken“, und schon wird sie von einer Welle des Mitleids mitgerissen.

-- ZEHN --

Nicht der - ähm - Inspektor Fritz selbst teilt ihr das mit, sondern er lässt irgendjemanden um acht Uhr bei ihr anrufen. „Der weiß schon warum", denkt sich die Clara. Wütend ist sie, oder möchte sie sein. Denn irgendwie ist ihr auch klar, warum er das tut. Sie hätte ja alles daran gesetzt, ihm das auszureden. Und dann geht der Feigling so vor und lässt einen Wildfremden anrufen, um sie „in Kenntnis zu setzen" - so hat er gesagt. Und so, wie der es formuliert hat, ist der Schaden wohl auch schon passiert. Aber der Fritz und all seine Polizeikollegen, die jetzt mit einem Haftbefehl hinter ihrem Sandler her sind, wissen nicht, was sie weiß. „Wir werden ja sehen, wer ihn früher findet", denkt sie sich. Kurz graut ihr vor dem Vorhaben, nochmals so durch die Stadt zu jagen wie gestern, aber sie hat heute noch frei und nichts Anderes vor. Der Fritz hat also genau den Gedanken gefasst, den die Clara so tunlichst vermeiden wollte. Er hat die Fakten zusammengezählt und hält den Sandler für den Mörder vom Kaltenböck. Er hatte die Sandlerklamotten an und wurde an seinem Schlafplatz gefunden. Und dabei hat ihm die Clara noch gar nichts davon erzählt, dass der Sandler auch den Anzug und die Krawatte vom Toten anhatte, als sie ihm begegnet ist. Sie fragt sich, wie die Polizei ihn überhaupt identifizieren will. Aber das ist jetzt bei Gott nicht ihre Sorge. Ganz im Gegenteil, sie freut sich über den Wissensvorsprung, den sie hat, und macht sich auf den Weg. Wo würde sie sich aufhalten, wenn sie obdachlos wäre, und in ihrer Notschlafstelle ein Toter gefunden worden wäre? Ihr Sandler ist mit Sicherheit ein Einzelgänger, vielleicht zu stolz, um Hilfe von Einrichtungen wie Vinzidorf oder Caritas anzunehmen. Doch irgendwoher muss er ja Essen bekommen. „Er schläft im Congress-Keller und geht auf der Herrengasse herum“, überlegt sie. „Er ist also ein Innenstadt-Sandler.“

Sie hat einmal bei einer dieser tollen Stadtführungen der Graz Guides eine richtige „Innenhof-Tour“ gemacht. „Von Hof zu Hof“ hat der Spaziergang geheißen und der führte damals durch versteckte Gärten und romantische Höfe. Alles mitten in der Stadt. Glaubt man ja gar nicht, was sich hinter den Fassaden der eigenen Stadt alles verbirgt. Nicht, dass sie jetzt konkret all diese von der Tour abgesucht hätte, also schon auch, aber wie zu erwarten war, ist ihr Sandler dort nirgendwo gewesen. Durch diese Führung hat sie aber gelernt, dass es in Graz nur so von – teils wirklich beeindruckend schönen – Innenhöfen wimmelt. In Wirklichkeit ist es in der Grazer Altstadt so, dass man einfach einmal durch jedes Haustürl durchgehen sollte. Und wenn man das tut und vielleicht auch die Supermärkte und Cafés miteinbezieht in seine Erkundungen der Gegend, ja, dann findet man auch seinen Sandler. Das klingt jetzt so, als gäbe es in den Grazer Hinterhöfen einen Sandler für jeden Einwohner. Nein, so ist es nicht. Nach wie vielen Hinterhof-Besuchen sie ihn dann endgültig gefunden hat, weiß sie nicht mehr. Zwar wird das „Bettler“-Thema in der Stadtpolitik immer wieder aufgebauscht, doch ehrlichgesagt gibt es gar nicht so viele Obdachlose. Zumindest ist weit und breit keiner zu finden, wenn man einen braucht. Graz hat verhältnismäßig wenig Bettler. Die Clara hat auch noch nie verstanden, warum immer alle so auf das Billa-Eck hinhacken. Die Punks, die früher am

Hauptplatz unter dem Erzherzog Johann herumgelungert sind, dürfen das nicht mehr. Da gibt es irgendein Verbot – keine Ahnung. Jedenfalls ist es ihnen nicht mehr erlaubt, da mitten am Platz zu hocken mit ihren Bierdosen und den Hunden. Und was tun die? Die wandern ein paar Meter weiter rüber zum Billa. Der Filialleiter wird bestimmt hocherfreut sein darüber, denn es ist kaum vorstellbar, dass die mit den paar Getränken, die sie vielleicht über den Tag hinweg kaufen, den Geschäftsentgang wettmachen, der durch die restlichen Kunden, die sich jetzt nicht mehr da hintrauen, entsteht. Aber wie gesagt, die Clara ist nicht so ängstlich. Die hat mit den Punks kein Problem. Sollen die doch mit ihren Hunden da sitzen, wen stört es? Aber es war gar nicht da beim Billa-Eck, wo sie ihren Sandler letztendlich gefunden hat. Sie ist zwar mit den Lebensmittelgeschäften ganz richtig gelegen, aber ein paar mehr hat es doch gebraucht, um ihn aufzustöbern. Erkannt hat sie ihn diesmal gleich, nämlich direkt als sie auf der Hans-Sachs-Gasse in die Passage neben dem Spar eingebogen ist. Wer sitzt denn schon in so einem feinen Anzug und mit gestreifter Krawatte und einer Dose S-Budget Energydrink mitten im Februar auf dem Boden rum?

Jetzt sitzt er auch nicht mehr länger auf dem Boden, sondern im Café Tagtraum. Eingangs hat ihr die Kellnerin zwar einen komischen Blick zugeworfen und auch er hat sich ganz offensichtlich nicht sonderlich wohl gefühlt, ein normales Kaffeehaus zu betreten, aber keiner von beiden hat etwas gesagt. „Ich bin die Clara“, stellt sie sich ihrem Sandler erstmal vor. „Ich bin der Herbert.“, sagt er freundlich. „Herbert, hast du Hunger?“ Er zuckt mit den Schultern. Clara winkt die

Kellnerin zu sich und sagt: „Was habt ihr denn zum Essen da?" - „Um die Uhrzeit nur Frühstück oder Toast." - „Dann bitte ein großes Frühstück und für mich nur einen Caffè Latte." Der Herbert ist nicht sonderlich gesprächig, aber wer wäre das schon in einer solchen Situation. Sein Anzug legt auch schon erste Zerlumpungserscheinungen an den Tag. Klar, er hat ihn auch schon seit Tagen an. „Wo schläfst du denn jetzt?", fragt Clara ihn. „Mal hier, mal dort. Wo ich was finde." - „In den Congress kannst du nicht mehr, aber das weißt du ja bestimmt, oder?" - Er nickt. „Herbert, die Polizei sucht dich. Ich habe es heute Morgen erfahren. Ich würde vorschlagen, du isst dich hier satt und bleibst die nächsten Tage über in meiner Wohnung." - „Das geht nicht", entgegnet ihr der Sandler. „Warum denn nicht? Du kannst auf der Couch schlafen, bis ich diese Angelegenheit geregelt habe und dann lassen wir uns etwas anderes einfallen, ja?" - „Ich bin ein Verbrecher." - „Den Anzug meinst du, richtig?" Wieder nickt er nur. Als die Kellnerin das Frühstück vor ihn hinstellt, traut er sich erstmal gar nicht hinzugreifen. Clara muss ihn ermahnen, doch bitte jetzt nicht zu stolz zu sein. Auch während des Essens wird der Herbert nicht gesprächiger. Aber das macht eigentlich gar nichts. Die Clara hatte nie vor, ihn mit Fragen zu bombardieren. Mittlerweile weiß sie, dass sie sich in dieser ganzen Angelegenheit auf ihr Bauchgefühl verlassen kann. Sie schaut dem hungrigen armen Kerl zu, wie er eine Semmel nach der anderen reinmampft. Ganz offensichtlich ist sein Friseur wirklich nicht gleich gut wie der vom toten Kaltenböck. Und tatsächlich sind die Haare eine ganze Spur heller. Das hat sie also tatsächlich trotz all der Lichtabsenz in der Umkleide richtig gesehen. Auch seine Rasur ist nicht ganz frisch, aber das liegt wahrscheinlich daran, dass er jetzt keine Dusche mehr zur Verfügung hat, seit er nicht mehr im Casino-Keller schläft.

-- ELF --

An der Rezeption vom Hotel Weitzer angekommen, sieht sie voller Erleichterung eine andere Person an der Rezeption stehen als bei ihrem letzten nächtlichen Besuch. Und zwar einen Mann. In der Regel war die Clara noch nie der Typ Frau, die ihren Ausschnitt weiter nach unten gezogen hat oder den Rock ein wenig nach oben, damit sie ihre Ziele erreicht. Das musste sie auch nicht, weil sie ja diese tollen, braunen Augen hatte. Von ihrem dunkelblonden Bob hängen zwar meistens so ein paar Strähnchen über das linke Auge, aber bei der Größe ihrer Augen macht das gar nichts. Die leuchten riesig aus ihrem zarten Gesicht heraus und wenn die Clara etwas braucht, sind sie eben noch einmal weiter offen. Dass das aber nur mit einem männlichen Gegenüber Früchte trägt, ist selbsterklärend, oder? Und der Rezeptionist scheint ganz besonders empfänglich dafür zu sein. „Bingo!“, denkt sie sich. Mittlerweile ist es auch hier niemandem entgangen, dass einer der ehemaligen Gäste vermisst wird. Clara klärt mit dem Rezeptionisten die tatsächliche Check-out Time vom Kaltenböck. Er hat um 14:00 Uhr ausgecheckt. „Gemeinsam mit dem Herrn Feiertag“, erzählt ihr der Hotelangestellte. „Ich kann mich daran erinnern, ich hatte selbst Dienst. Herr Kaltenböck ist schon vorgegangen nach draußen, weil ihm so übel war, und der Herr Feiertag hat alles gleich für ihn mitgemacht.“ Genau, das hat die Clara von der anderen Rezeptionistin auch erfahren. Zwei haben ja ausgecheckt oder irgendwie doch nicht, weil ja dann wieder nur eine Person von den Radiologen weniger war und diese Person ist zweifellos der Kaltenböck gewesen, oder? Der Rezeptionist schaut sich das genauer an. „Wie das genau hergegangen ist, weiß ich auch nicht, jedenfalls ist der Feiertag noch bei uns im Hotel." Das trifft sich ja großartig. „Wissen Sie zufällig, ob er gerade jetzt auch hier ist?" – „Ja, zum Frühstück habe ich ihn gehen gesehen. Das weiß ich sicher." Die Clara bittet ihn sogleich darum, sie aufs Zimmer zu verbinden. „Hallo Herr Feiertag. Hier spricht Clara Linhart von – also – von Romani. Dürfte ich Sie kurz sprechen? Es geht um Ihren Kollegen, Herrn Kaltenböck. Würden Sie zu mir in die Lobby kommen, bitte?" Besonders begeistert klingt er nicht, aber wenn die Clara immer nur mit den Leuten redet, die sie freiwillig empfangen, kommt sie nicht viel weiter. Generell. Das müssen wir nicht nur auf diesen Fall beschränken.

Also, das hat die Clara nun wirklich nicht erwartet. Mit Jeans und blau-weiß kariertem Hemd kommt er ihr entgegen. Er schaut aus wie das reine Elend, aber die Clara kann nicht ausmachen, woran das liegt. Denn eigentlich ist der Feiertag ein attraktiver Mann, groß, schlank, sportlich und wirklich gut gekleidet. Aber schon als sie das Alter zu schätzen versucht, merkt sie, dass das absolut unmöglich ist. Er könnte gut erhaltene Ende fünfzig sein, oder aber komplett zerstörte Ende vierzig. Dicke Augenringe lassen auf durchwachte Nächte schließen. Ja, er war bei der Party der Kongressteilnehmer dabei. Sie kann sich an ihn genau erinnern, aber so wild war die Feier auch wieder nicht, dass er bis heute noch so angeschlagen aussieht. Sie erhebt sich von ihrer Bank und streckt ihm mit freundlichem Blick die Hand zum Gruß entgegen. Sie setzt sich wieder, er nicht. Er scheint es wohl wirklich kurz halten zu wollen. „Herr Feiertag, ich muss Sie etwas zum Check-out vom Herrn Kaltenböck fragen. Sie wissen, dass er vermisst wird?" Sie zählt darauf, dass es sich noch nicht herumgesprochen hat, dass der Kaltenböck bereits für tot erklärt wurde. Sie behält Recht. „Ja, ich habe davon gehört." – „Jetzt ist es so, dass Sie eine der letzten Personen sind, die ihn lebend gesehen haben." – Ja, kann sein." – „Können Sie mir erklären, warum der Kaltenböck nicht auf dem Flug nach Frankfurt war?" – „Nein, leider. Wir wollten gemeinsam zum Flughafen fahren. Der Frank wollte mir ja helfen, dass ich auch noch einen Platz auf dem Flieger bekomme. Er hatte ja Connections, aber als ich uns beide an der Rezeption ausgecheckt hatte und mit ihm ein Taxi nehmen wollte, war er weg." – „Und wieso haben Sie sich dann nicht an die Polizei gewandt, wenn Ihnen plötzlich ein Kollege abhandengekommen ist?" – „Wissen Sie, ich kenne den Frank schon lange. Es wäre einem Wunder gleichgekommen, wenn er sich tatsächlich in irgendeiner Form für mich eingesetzt hätte. Für mich war klar, dass er einfach abgehauen ist. Ich habe ja bis gestern auch nichts Gegenteiliges gehört. Ich bin ihm auch tatsächlich mit dem Taxi nachgefahren auf den Flughafen, aber mit – keine Ahnung – zwanzig Minuten Verspätung. Bei eurem Zwergenflughafen hier ist man da doch schon längst durch die Security. Und da konnte ich natürlich nicht hinterher, da sind sie ja superstreng. Also, hatte ich wie erwartet keinen Platz auf dem Flug. Ich habe noch relativ lange versucht, die Damen in Rot an der AUA-Servicestelle zu überreden, aber vollkommen erfolglos."

„Frau Rothe hat mir erzählt, dass Sie ziemlich verzweifelt waren, als sie gehört haben, dass Ihr Flug dem Streik zum Opfer fallen würde. Stimmt das?"

„Ja, ich hätte persönliche Verpflichtungen zuhause gehabt. Aber dies ist nun ohnehin hinfällig.“

„Danke, Herr Feiertag, für Ihre Hilfe“, sagt die Clara und ob es nun an seinem mitleiderregenden Gesichtsausdruck oder an den prägnant formulierten „persönlichen Verpflichtungen“ liegt, jedenfalls fügt sie noch ein „Alles Gute für Sie“ hinzu. Er dreht sich gerade am Absatz seiner polierten Schuhe um Richtung Lift, als sie ihm noch nachruft. „Herr Feiertag! Darf ich Sie noch etwas fragen? Wenn Sie davon ausgegangen sind, dass Herr Kaltenböck gar nie vorhatte, Sie auf den Flug zu bringen, warum haben Sie dann ausgecheckt?“ – „Wissen Sie, die Hoffnung stirbt zuletzt.“

-- ZWÖLF --

Ein Ohrwurm. Nein, einen Ohrwurm kann man so etwas nicht nennen, ein Ohrwurm ist ja ein Lied. Aber gibt es eigentlich eine Bezeichnung dafür, wenn man einen Satz immer und immer wieder in seinen Ohren nachhallen hört? „Die Hoffnung stirbt zuletzt“, zum Beispiel. Die Clara kann sich auf nichts konzentrieren wegen dieses dummen Satzes. „Die Hoffnung stirbt zuletzt.“ Und ständig kombiniert sie ihn weiter. „Die Hoffnung stirbt zuletzt, der Kaltenböck stirbt zuerst.“ Oder „Die Hoffnung stirbt gemeinsam mit dem Kaltenböck“ oder auch „Wenn der Kaltenböck stirbt, hat die Hoffnung noch eine Chance.“ Sie sitzt jetzt im Tribeka in der Kaiserfeldgasse. Mit einem riesigen Milchkaffee und einem Smoothie hat sie sich in Bezug auf die Flüssigkeitsaufnahmefähigkeit ihres Körpers ganz schön übernommen. Aber sie hat ja Zeit, und die Hoffnung stirbt ja bekanntlich zuletzt. Sie möchte noch nicht nach Hause gehen, weil sie dem Herbert die Wohnung einmal für ein paar Stunden überlassen will. Sie hat ihm ein frisches Handtuch rausgelegt, die Kaffeemaschine erklärt und ein paar übergroße Pullover rausgesucht. Mehr hat sie leider nicht zu bieten, da es schon so richtig lange her ist, dass bei der Clara ein Mann gewohnt hat. Und wenn sie in den letzten Monaten doch einmal den einen oder anderen Hausbesucher hatte, dann war das so kurz, dass keinerlei fremdes Eigentum bei ihr geblieben ist. Sie würde ihm von irgendwo unterwegs ein bisschen Wäsche mitbringen, beschließt sie. Genauso lange wie das gemeinsame Leben mit einem Mann muss es auch her sein, dass sie die Konfektionsgröße eines solchen erraten musste. Naja, beim H&M kostet das alles ja kein Vermögen.

Irgendetwas wird sie da schon auftreiben, da ist sie sich sicher. Die Hoffnung stirbt jedenfalls zuletzt. Für eine Rasur hat sie dem Herbert leider nur ihren Gillette Venus anbieten können, aber wenn er sich vor vier Tagen das letzte Mal rasiert hat, ist er sicher auch damit zufrieden. Ihr Handy klingelt. Der - ähm - Inspektor Fritz ist dran. „Ah, Sie werden doch nicht höchstpersönlich anrufen?“ Oje, die Clara klingt schon wie eine eifersüchtige Zicke. Ups, das ist ihr jetzt peinlich. Sie meint ja nur, wegen der Inkenntnissetzung über den Haftbefehl. Aber der Fritz versteht es schon ganz genau. Wie die Clara schon geahnt hat: Er hat bewusst jemand anderen anrufen lassen, damit sie ihm kein Theater macht. „Frau Linhart, sind Sie bei der Arbeit oder zuhause? Haben Sie Zeit für ein Gespräch?“ Puh, Claras großes Glück, dass sie nicht zuhause ist. So ein Treffen von Sandler und Polizist kann sie sich nämlich gut sparen. „Ich bin im Tribeka, gleich in der Kaiserfeldgasse, wenn Sie herkommen möchten. Ich habe heute noch frei.“ Und da sieht man jetzt wieder, wie klein Graz dann ist, wenn man nicht gerade auf der Suche nach seinem Sandler ist. Da kann der Fritz nämlich von der Schmiedgasse gleich zu Fuß rüber ins Tribeka gehen und sitzt keine fünf Minuten später der Clara gegenüber. „Ist noch jemand mit Ihnen hier?“, dem Polizei- - ähm - Inspektor entgeht nicht, dass die Clara zwei Getränke vor sich stehen hat, von denen jedes einzeln schon zu viel für so eine zierliche Frau wäre. Sie weiß nicht, worauf er anspielt und winkt ab. „Was gibt es Neues?“, fragt sie. „Wir glauben, wir haben das Gepäck vom Toten gefunden.“ Ach ja, logisch. Das Gepäck. Das war doch ein fehlendes Puzzle-Teil, an das sie selbst noch gar nicht gedacht hat. „Und zwar am Nikolaiplatz, auf den Stiegen von der Tiefgarage.“ - „Die Hotelgarage vom Weitzer meinen Sie?“

- „Ja, mitten im Stiegenhaus. Ein Mann hat die Polizei gerufen, weil er eine Bombe darin befürchtet hat. Aber da war nichts zu entschärfen. Darin fanden wir die Ausweise, das Handy und sein Zeug. Wäsche und so. Er ist wohl nur mit Handgepäck gereist." - „Wie lange es da gelegen ist, kann man nicht sagen, nehme ich an?" - „Nein, das wissen wir nicht." - „Naja, die Hoffnung stirbt zuletzt." Der Fritz registriert zwar, dass ihre Aussage nicht so wirklich dazu passt, aber wer von uns ohne Redewendung-Sünde ist, werfe den ersten Stein. „Ich habe gehört, Sie haben im Hotel Weitzer ermittelt, Frau Linhart", das interessiert ihn nun wirklich mehr. Er schaut sie leicht verärgert an. „Ja, Herr Fritz", die Clara überspielt den oberlehrerhaften Ton des Polizisten, „ich habe mich umgehört. Und jetzt weiß ich Folgendes: Der Kaltenböck hat um ca. 14 Uhr ausgecheckt, also nur eine Stunde, bevor ich ihn gefunden habe. Der Flug wäre um 18:03 Uhr gestartet. Selbst, wenn er zwei Stunden vorher am Flughafen sein wollte, was in Graz doch eher unüblich ist bei der Größe vom Flughafen Thalerhof, wäre er viel zu früh dran gewesen. Der Herr Feiertag hat ja gemeint, der Kaltenböck hätte ihm in dieser Zeit zu einem Ticket verhelfen wollen." - „Wer bitte ist der Herr Feiertag jetzt genau?", ein einzig großes Fragezeichen ploppt aus dem Fritz heraus. Und die Clara freut sich. Sie hat einen Zeugen verhört, von dem die Polizei noch gar nichts weiß. Stolz, Schadenfreude und Hochmut übermannen sie gänzlich. Sie kämpft mit aller Kraft gegen ein hämisches Grinsen an. Rauskommt dabei eine eher unvorteilhafte Grimasse, als sie erklärt: „Na, der Herr Feiertag ist ein Kollege vom Herrn Kaltenböck gewesen und die haben zusammen gegen 14 Uhr ausgecheckt. Während dieser Feiertag noch alles an der Rezeption geregelt hat, ist der einfach abgerauscht. Er hat dem Feiertag ja versprochen gehabt, seine Verbindungen bei der Lufthansa spielen zu lassen, damit der auch mit ihm heimfliegen kann nach Frankfurt, aber daraus ist nichts geworden, weil der Kaltenböck ab dem Zeitpunkt gar nicht mehr draußen auf den Feiertag gewartet hat."

„Und das erzählen Sie mir erst jetzt?", er lächelt. Also ist er nicht zornig darüber. Er lächelt sogar sehr hübsch. Na, wenn wir schon so leger miteinander reden. „Früher konnte ich ja nicht, wenn Sie nur Ihre Handlanger bei mir anrufen lassen", kontert die Clara mit einem ebenso hübschen Grinsen. „In Wirklichkeit war ich selbst erst vor einer Stunde dort."

„Gut, dann kann ich ja den Herrn Feiertag befragen, solange wir den Sandler nicht gefasst haben."

„Herr Fritz, vergessen Sie den Sandler", um ein Haar wäre ihr jetzt „vergessen Sie den Herbert", rausgerutscht. Na, das hätte ihr gerade noch gefehlt, dass sie sich da so verplappert. „Der war es nicht." Der Fritz nimmt ihre Reaktion zur Kenntnis. Es gibt so Frauen, da nutzt es nichts, zu widersprechen. Das hat weniger mit Respekt oder Angst vor dem Gegenschlag oder auch Höflichkeit zu tun. Es ist schlicht und ergreifend so, dass es Frauen gibt - nicht viele, nur wenige, aber es gibt sie - die einfach Recht haben. Und langsam dämmert es auch dem Fritz, dass die Clara eine von diesen raren Exemplaren ist. „Wie gern würde ich wissen, was in diesem hübschen Köpfchen so vor sich geht", ein Lächeln umspielt seine Lippen leicht und er schaut ihr gerade ein paar Sekunden zu lange in die braunen Augen. „Naja, die Hoffnung stirbt zuletzt." Und diesmal sitzt der Satz.

-- DREIZEHN --

Der Fritz will nicht davon runtersteigen. Wie sonst kann man sich erklären, dass der Tote das Lumpengewand vom Sandler angehabt hat. „Die Indizien sprechen dafür, dass es so war". Mit dem Indizien-Geschwafel kann er die Clara nicht beeindrucken. Ihr sind die Indizien komplett wurscht, auf gut Deutsch. Und sie kennt mittlerweile den Fritz schon gut genug, um zu wissen, dass er sie mit dem Wort „Indizien" nur beeinflussen will. Beweise, ja. Beweise lässt sie sich einreden. Und jeder, der schon einmal CSI Miami gesehen hat, kennt den Unterschied zwischen Indizien und Beweisen. Und jeder Indizien-Fall ist ein schwieriger. „Dass der Kaltenböck aus welchem Grund auch immer nicht direkt zum Flughafen gefahren ist, sondern noch einmal in den Congress zurückwollte. Vielleicht doch noch einmal schnell auf die Tagung, um sich zu entschuldigen oder eventuell auch um sich mit einer der beiden Damen auszusöhnen. Oder mit beiden. Ich weiß ja nicht, wie der drauf war. Aus irgendeinem noch unerfindlichen Grund ist er dann unten im Keller gelandet. Einmal die falsche Tür erwischt in so einem Haus und schon steht man verloren da. Oder so. Da hat er den Sandler erwischt, vielleicht auch versucht, ihn rauszuwerfen und der ist handgreiflich geworden. Ein Aufprall auf einen stumpfen Gegenstand und geschehen war es. Es muss ja nicht einmal die Absicht von Ihrem Sandler gewesen sein. Oder er hat ihn ausgeraubt und dabei war dann der Schaden größer, als geplant." Diese ganze Aufzählung an Indizien ist nichts für die Clara. Darin kommt keine Version vor, die in irgendeiner Form akzeptabel ist. Sie weiß, dass der Herbert nicht der Täter ist, und genaugenommen gibt es zusätzlich zu ihrer wirklich ausgeprägten Intuition auch jede Menge Indizien, die gegen ihn als Mörder sprechen. Warum sollte ein selbstverliebter Macho wie der Kaltenböck überhaupt mit einem Sandler in Kontakt treten? „Na, dann hat der Sandler ihn halt überfallen. Der hat den teuren Anzug gesehen und gedacht, dass es da viel zu holen gibt", versucht der Inspektor zu erklären. „Und womit genau soll er ihn überfallen haben, bitte sehr?"

„Keine Ahnung", entgegnet der Fritz, „eventuell mit einem Messer, aber das werden wir herausfinden, wenn wir den Sandler gefunden haben."

Die Clara wird langsam ein wenig zynisch ob der Sturheit des Polizisten. „Er hat ihn also mit einem Messer bedroht, ausgeraubt und danach mit einem stumpfen Gegenstand niedergestreckt?"

Wieso kann denn der Fritz bloß nicht sehen, auf wie vielen Ebenen sein Verdacht nicht stimmig ist? Der Sandler raubt ihn aus, aber die schweineteure Uhr lässt er ihm? Braucht man als Sandler nicht, oder wie? Und wie soll am helllichten Tag bitte überhaupt ein Sandler einen Kongressteilnehmer ermorden, wo doch die Kongressküche nur ein paar Meter vom Tatort entfernt ist? Wieso hat niemand bemerkt, was da gleich zwei Türen weiter passiert ist? Ja, da ist dieser lange, finstere Gang und nachts fühlt man sich nicht nur wie der einzige Mensch da unten, sondern wie der einzige Mensch auf Erden, wenn man da entlangmarschiert, aber der Tatzeitpunkt war doch irgendwann zwischen 14:00 und 15:00 Uhr während eines Kongresses. Und niemand bemerkt, dass ein Obdachloser einen Kongressteilnehmer erschlägt? Was passt hier nicht?

Die Clara will jetzt erst einmal nach Hause gehen, um nach dem Herbert zu sehen. Als der Herr Fritz ihr anbietet, sie nach Hause zu begleiten, winkt sie eifrig ab. „Ich muss ein wenig nachdenken“, muss als Erklärung für ihn leider reichen. Gerne hätte sie ein wenig mehr Entschuldigung gefunden, aber dann würde er womöglich noch ein paar Schritte neben ihr hergehen und sie muss doch da ums Eck gleich in den H&M einbiegen, um dem Herbert noch Wäsche zu kaufen. Sie biegt vorne in die Herrengasse ein und schlendert nur langsam weiter, bis sie sieht wie am anderen Ende der Kaiserfeldgasse der Fritz in die Schmiedgasse lenkt. Puh, in der Herrenabteilung vom H&M hat sie eher wenig Erfahrung und durchsucht erstmal alles, was es so gibt. Viermal insgesamt geht sie jetzt schon an der Schütte mit den Unterhosen vorbei. Socken sieht sie, Hosen, T-Shirts und Pullover. Alles sieht sie, alles nimmt sie, aber die Unterhosen drängen sich ihr nicht gerade auf. Es ist wieder einmal dieser klassische Fall von durchschauen durch die Gegenstände, weil sie mit ihren Gedanken ganz wo anders ist. Die Hoffnung stirbt ja bekanntlich zuletzt. Und während sie versucht, einen Fall zu lösen, der an irgendeiner Stelle hakt, kommt ihr eine klitzekleine Idee. Nicht die Lösung, aber ein Funke eines Gedankens. Und die Unterhosen sind auch plötzlich da. Direkt neben der Kassa.

-- VIERZEHN --

Der Herbert duftet nach Mandelmilch und Kokos und Claras ganze Wohnung ist vom Dampf vernebelt. Wie es scheint, hat er seine Dusche ausgiebigst genossen. Gut so. Clara begrüßt ihn freundlich und streckt ihm direkt das H&M-Sackerl mit der Kleidung hin. „Jetzt nimm schon!", ermahnt sie ihn, „du schaust ja vielleicht bescheuert aus in meinem Bademantel." Herbert hat in der Zwischenzeit ein wenig ferngesehen und geduscht. Mehr hat er bis jetzt nicht gemacht. Und wie erwartet, hat er sich außer einem Glas Wasser weder etwas zu essen noch zu trinken genommen. Er greift nach dem Sackerl und schaut rein. „Ich hoffe, es ist etwas dabei, das dir passt. Den Rest geben wir dann einfach zurück."

„Danke!", sagt er und will gerade loslegen mit den Fragen, die ihm natürlich am meisten in der Brust brennen, nämlich, warum die Clara das alles für ihn tut, doch Clara sieht ihm direkt an, was ihn quält und legt mit einem ganz anderen Thema los: „Herbert, was ist eigentlich passiert mit dir? Wieso bist du obdachlos?" Was hätte sie auch sonst tun sollen, denn auf seine Fragen hätte sie selbst keine Antwort gehabt.

Der Herbert war Koch. Nicht der beste, wie er selbst sagt, aber schon in der Riege, wie es die Leute mögen. Mit Haute Cuisine hat er nichts am Hut. Na, fein. Der Abend ist gerettet. „Dann lass uns das doch bei einem Essen besprechen." Clara lässt sich schnell vom Herbert eine Einkaufsliste zusammenstellen. Das Meiste hat sie schon zu Hause und den Rest besorgt sie unten beim Spar. Als sie mit ihren Tomaten, den Gewürzen und dem Käse nach Hause kommt, sieht der Herbert aus wie ein neuer Mensch. Fast zumindest. Tatsächlich waren Hose, T-Shirt, Pullover und Unterwäsche in seiner Größe im Sackerl. Naja, einen neuen Haarschnitt hatte sie leider nicht im Angebot, aber da würde ihr bestimmt noch etwas einfallen.

Während die beiden gemeinsam in der Küche stehen und vor sich herwerkeln, die Clara ganz genau nach Herberts Anweisung, erfährt sie endlich, wie es zu seiner Obdachlosigkeit gekommen ist. Sorgen, Alkohol, noch mehr Sorgen, Kündigung, noch mehr Alkohol, Rauswurf aus der Wohnung seiner Lebensgefährtin, Alkohol. So die Kurzfassung. Die Clara denkt sich, dass das doch eigentlich die gängigsten Probleme sein müssen. Und warum Menschen zum Mond fliegen können, aber keine Lösungen für solche Fälle parat haben. Eine Stunde später steht die perfekte Bolognese am Tisch, ein frischer, bunter Salatteller und eine Flasche Wein. „Weißt du Clara, das mag jetzt für dich lächerlich klingen, aber ich bin seit einigen Wochen trocken." Dieser Sandler überrascht sie im Minutentakt aufs Neue. Sie schnappt die Flasche und will sie wieder in den kleinen Weinständer im Vorraum räumen. „Aber das musst du doch nicht", ruft er ihr zu, „ich würde einfach lieber darauf verzichten. Du kannst gerne ein Glas trinken."

„Du hast Recht. Das muss ich nicht", sagt sie, als sie mit der Flasche wieder Richtung Küche geht. Sie macht sie auf und dreht sie über der Spüle um. „Ich muss das nicht trinken. Wozu sollte ich?"

-- FÜNFZEHN --

Also, die Clara und der Herbert. Die sind wirklich ein super Team. Auch die Clara muss sich eingestehen, dass es sich mit einem Partner viel leichter ermittelt als ohne. Denn während ihres gestrigen Abendessens haben sie gemeinsam einmal abgehandelt, wer denn eigentlich ein Motiv hätte. Die Clara ist nämlich einfach ein wahnsinnig intuitiver Mensch und wie soll man sagen: Vielleicht die typische Linkshänderin? Sie denkt quer und ums Kreuz und kommt damit meist schnell ans Ziel, schneller als andere. Aber in manchen Situationen hilft es dann doch, wenn einer nach Lehrbuch vorgeht und die einfache Frage nach dem Motiv stellt. Bestimmt hätte sie das so auch mit dem Herrn Fritz durchgehen können, aber das ist ihr zu riskant. Sie hatte Angst, dass sie sich verplappern könnte wegen dem Herbert. Der ist ja immer noch der Mordverdächtige Nummer eins, wenn es nach der Polizei geht. Aber eine Sache hat die Clara dann trotzdem erreicht gestern. Sie hatte ja diese klitzekleine Idee, diesen Hauch einer Eingebung, und zumindest hat der Herr Fritz sich überreden lassen, die Rothe anzurufen und ihr ein Ausreiseverbot zu verhängen, bis der Fall gelöst war. Detto hat er die Reinisch, die Blonde von der heißen Casino-Party, gebeten, noch einmal nach Graz zu kommen. In Wien war sie ja offensichtlich schon verhört worden.

Die Clara hat heute schon ganz in der Früh ihren Friseur angerufen. Der Geri ist ja ein Engel und wirklich geschickt in seinem Handwerk. Er hat es mit Sicherheit nicht nötig,

Hausbesuche zu machen, um irgendeinem Sandler die Haare in Form zu bringen, aber die Clara wieder mit „bitte, bitte Geri" und „nur das eine Mal. Es ist eine totale Notsituation" und „wenn du kommst, erzähl ich dir alles vom Mord an dem Kongressteilnehmer". Natürlich hatte es sich in der Zwischenzeit schon herumgesprochen. Es war in den Zeitungen und jeder wollte gerne wissen, was die Clara da gesehen hat. Und während der jetzt dem Herbert die Haare schneidet, lassen die zwei ihren gestrigen Abend Revue passieren. Ok, die Rothe. Der muss man noch einmal auf den Zahn fühlen. Sie weiter aus der Reserve locken. Und das Alibi hinterfragen. Dann hat die Reinisch gestern eingewilligt, heute nach Graz zu kommen in das Wachzimmer Schmiedgasse. Da weiß jetzt die Clara nicht genau, wie sie da dabei sein kann, aber da wird ihnen schon noch etwas einfallen. „Und zu guter Letzt bist du noch tatverdächtig", sagt die Clara zum ersten Mal direkt heraus. „Hast du irgendetwas gesehen?" - „Nein, Clara. Ich bin auch nicht davon ausgegangen, dass der Kerl tot ist, als ich ihn gefunden habe. Jetzt rückblickend war er natürlich eiskalt, aber gut, ich meine, der ist da im Keller vom Congress in dem feinen Anzug gelegen. Ich bin auch immer völlig durchgefroren da unten. Der hat ja nach Alkohol gestunken, dass ich schon geglaubt habe, ich werde gleich rückfällig. Für mich war der einfach ein Rauschkind. Und den Anzug hab ich ihm dann fast mehr als Lektion gestohlen." - „Du meinst, dass er sieht, was der Alkohol anstellen kann?" - „Ja, unter uns Sandlern ist das Leben ja hart, der Umgangston auch. Man muss schauen, wo man bleibt und zum einen wollte ich ein Statement setzen, dass er mir nicht meinen Schlafplatz wegnehmen kann. So wie der ausgesehen hat, war ja klar, dass er ein echt schönes

Betterl irgendwo hat. Und zum anderen dachte ich mir, wenn er in meinen Lumpen aufwacht, sieht er, was zu viel Alkohol bewirkt." Die Clara schmeißt sich weg vor Lachen. „Naja, und nackt liegen lassen, konnte ich ihn auch nicht. Der wäre ja komplett unterkühlt geworden. Aber ich sage dir, sein Anzug hat noch viel weniger gewärmt. Keine drei Schritte auf der Straße habe ich es schon bereut. Kommt im Leben halt wirklich immer alles zurück." Der Geri lacht auch mit und möchte bei den Ermittlungen helfen. Die Clara weiß, dass er ein Risiko ist. Er ist sicher niemand, der die Klappe halten kann, auch wenn sie ihn noch so sehr darum bittet. Aber sie geht davon aus, dass sie und der Herbert den Fall schon so bald gelöst haben werden, dass nicht einmal der Geri mit seiner Tratscherei das noch aufhalten könnte.

-- SECHSZEHN --

Normalerweise darf sie das gar nicht und macht es auch nie. Unter normalen Umständen. Aber heute ist wohl alles andere als ein normaler Tag. Deswegen tut sie es doch. Eigentlich unaufhörlich. Wenigstens ist hier im Jackpot Corner noch nicht allzu viel los. Die Clara ist völlig angespannt. Direkt ein wenig ängstlich. Noch ist weder ein Anruf noch eine Nachricht reingekommen auf ihrem mitgeschmuggelten Handy. Also passt noch alles. Sie serviert einen Kaffee und kassiert ihn auch gleich. Den Spieler kennt sie nämlich nicht. Da will sie lieber die Rechnungen gleich beglichen wissen. Fünfzig Cent Trinkgeld. Die können jetzt zwar mit den zweihundert Euro von der Gerda, die ja gestern beim H&M geblieben sind, nicht ganz konkurrieren, aber die Clara hat ganz andere Sorgen als Geld. Drum bedankt sie sich knapp und verschwindet wieder hinter ihrer Bar, um das Handy zu kontrollieren. Immer noch nichts drauf. „Was dauert da so lange?", fragt sie halblaut. Sie und der Herbert hatten doch besprochen, dass er sich gleich meldet, wenn er aus dem Weitzer rausgeht, noch bevor er sich stellt. Und jetzt ist es schon vierzehn Uhr. „Hoffentlich ist nichts schiefgegangen", betet sie und streckt tatsächlich den Kopf in Richtung Himmel oder Casino-Decke, je nach Sichtweise und Religiosität.

Sie schnappt sich alle Aschenbecher, die hinter der Bar stehen, und geht eine Runde damit, um sie gegen die schmutzigen, die an den kleinen Tischen neben den Automaten stehen, auszutauschen. Drei ihrer kettenrauchenden Stammgäste sind da. Gott sei Dank sind sie alle so vertieft in ihr Spiel, dass niemand mit ihr ins Gespräch kommen möchte. Schnell greift sie wieder in die Hosentasche und spürt, ob das Handy nicht doch vibriert. Aber nein, eine Täuschung. Doch! Jetzt! Endlich klingelt es.

„Hi Clara, alles gut bei mir. Bei dir auch?" - „Mein Gott, Herbert, wo steckst du denn?" - „Ich mache mich jetzt auf den Weg zum Wachzimmer. Ich habe es jetzt schon ein wenig eilig. Drum rufe ich dich später nochmals an und erzähle dir alles, was rausgekommen ist." - „Ok. Aber nur kurz, war's die Rothe?" - „Ich bin mir noch nicht sicher. Wir müssen das gemeinsam durchbesprechen. Es spricht schon einiges dafür. Ich meine, die kann ihre Wut ja nicht einmal verbergen, wenn man sie schon ganz offensichtlich verdächtigt." - „War die Polizei schon bei ihr? - „Ja, sie war auch schon ein klein wenig grantig, weil ich auch noch mit Fragen gekommen bin." - „Aber sie wurde nicht festgenommen. Das heißt, der Fritz glaubt nicht, dass sie es war. Er denkt immer noch, dass du der Täter bist." - „Na, dann liefere ich ihm jetzt den Täter halt auf dem Silbertablett", lacht er laut in den Hörer. Clara grinst auch. „Viel Erfolg, mein Lieber!"

Und jetzt liegt nichts mehr in ihrer Hand. Sie kann nur noch hoffen, dass der Plan von Herbert und ihr aufgeht. Logisch, dass sie ihr Handy weiterhin bewacht wie ihren Augapfel. „Na, erwartest du einen dringenden Anruf?" Was für ein Pech? Kommt doch tatsächlich der Schenker gerade heute daher, wenn sie unerlaubter Weise ihr Handy mit am Arbeitsplatz hat.

Darf denn das wahr sein? „Herr Schenker, ich habe Ihnen doch von dem Koch erzählt, den ich kenne und der unter anderem die weltbeste Bolognese kochen kann." Na, wenigstens ist sie nie um eine schnell Antwort verlegen. Da kann sie sich jetzt aber richtig auf die Schulter klopfen für diesen Einfall! Der Schenker hingegen schaut sie mit großen Augen an. Natürlich hatte sie ihm nie von irgendeinem Koch erzählt. Wann denn auch? Aber die Clara hat genau gewusst, wie man leicht manipulativ in die Köpfe der meisten Männer vordringen kann. Einfach etwas wie Tatsachen aussehen lassen und hoffen, dass er nicht zugeben will, dass er sich nicht erinnern kann. Drum redet sie auch gleich weiter. „Jedenfalls, ja, der wäre total interessiert an einer Stelle im Catering-Bereich. Dem macht auch die Küche unten im Keller gar nichts aus." In Gedanken grinst sie breit, nach außen schafft sie es, voll ernst zu sein. Nein, da hat sie recht. Dort unten im Keller käme er ganz gut zurecht. „Na, wo arbeitet der denn jetzt?" – „Bei der Gösser war er zuletzt. Ich weiß jetzt nicht, ob er nicht schon gekündigt hat. Glaub schon.", schwindelt sie. „Er hat eine abgeschlossene Lehre, aber mehr weiß ich dann auch nicht. Kann ich aber sicher alles erfragen. Was halten Sie davon, wenn ich Sie einmal zu einem Abendessen zu mir in die Wohnung einlade, dann können Sie sich gleich selbst ein Bild machen. Er würde bestimmt gerne in den nächsten Tagen für Sie kochen." Und bumm! Noch ein Geniestreich. „Er ist nämlich mein Nachbar. Ich frage ihn und dann suchen wir einen Termin." Das wirklich Gute an diesen wortkargen, halbarroganten Unsympathlern ist ja, dass sie sich noch einmal schwerer tun, ein Nein zu artikulieren als andere. Denn jeder, der nicht unhöflich sein will, redet dann so lange um den heißen Brei herum, bis sein Gegenüber die Flinte ins Korn geworfen hat. Aber nicht der Schenker. Der kann ja nicht gut reden und heißen Brei kennt er schon gar nicht. „Passt, jetzt muss ich schnell vorne wischen gehen“, lügt sie gleich nochmal. Oder auch nicht. Sie geht ja wirklich die Tische wischen. Nur das mit dem „Müssen“ war eine Lüge. Da ist nämlich so gar nichts schmutzig. Und wie sie sieht, dass der Schenker durch die Schwingtür verschwindet, fummelt sie auch gleich wieder das Handy aus der Hosentasche, um draufzuschauen.

Gegen 17 Uhr wird das Casino immer voller und voller. Die Clara hat mächtig zu tun. Ihre Nervosität ist nicht mehr zu überspielen. Jetzt hat sie schon zwei Gläser umgeschüttet und ein Brötchen auf den Boden geworfen. „Was ist denn heute los mit dir“, fragt der Herr Hölzl, der zufällig auch wieder Dienst hat. „Ich bin immer noch durch den Wind wegen dem Toten.“ Stimmt ja auch irgendwie. Und - oh mein Gott - was sieht sie da? Mitgefühl in den Augen eines Casino-Mitarbeiters? „Kann ich dir irgendwie helfen?“, fragt er. Also, heute war wirklich so ein richtig besonderer Tag. Das muss man sagen. Wunder gibt es! „Eigentlich ja. Ich erwarte einen Anruf von der Polizei. Am Handy. Würdest du mir da für die Zeit des Telefonats auf meine Bar schauen?“ - „Aber sicher doch.“

-- SIEBZEHN --

„Kannst du sprechen?" – „Ja, schieß endlich los. Der Hölzl ist so lieb und schaut mir auf die Bar." Es ist zwanzig Uhr.

„Also, es läuft ziemlich nach Plan. Ich meine, abgesehen davon, dass ich jetzt in Untersuchungshaft bin. Aber damit haben wir ja gerechnet. Ich weiß nicht, wie lange ich hier telefonieren kann, also schieß ich gleich los. Die Rothe ist so richtig sauer auf den Kaltenböck gewesen. Eh so, wie du mir schon erzählt hast. Sie behauptet, sie hätte ihn zuletzt um zirka 20 Uhr gesehen. Da waren einige Kongressteilnehmer noch gemeinsam essen – gleich drüben im Vapiano. Und da hat er schon auf Teufel komm raus mit der Reinisch geflirtet. Das hat die selbst vorhin auch bestätigt. Und nach dem Essen ist die Rothe eben gekränkt ins Hotel Weitzer gegangen. Sie hat ihm gesagt, sie würde auf ihn in ihrem Zimmer warten, in der Hoffnung, dass er dann früher von der Party heimkäme. Das war aber nicht so. Sie gibt auch zu, dass sie nochmals in die Lobby runter ist, um zu sehen, ob die ihre Party vielleicht hier fortgesetzt haben, als er um vier Uhr immer noch nicht da war. Aber ist nach eigenen Angaben nicht mehr rausgegangen, weil sie dann den Feiertag getroffen hat. Das war doch der, der mit dem Kaltenböck gemeinsam heimfliegen wollte, oder?"

„Genau!"

„Jedenfalls war der auch sturzbetrunken und völlig mit den Nerven am Ende wegen einer wahren Familientragödie, die sich da ereignet hatte bei ihm. Musst dir vorstellen, seine Frau ist gestorben. Also, das hat mir die Rothe erzählt."

„Ah, ich habe mich schon gefragt, was mit dem los war. Der Arme!"

„Und so sind die zwei noch eine Stunde oder so in der Lobby gesessen und sie hat ihn getröstet."

„Und wann ist dann der Kaltenböck wieder ins Hotel gekommen?"

„Sie sagt, das weiß sie nicht. Sie hat von der Rezeption zweimal auf sein Zimmer telefonieren lassen, aber er hat nicht abgehoben. Kann aber auch sein, dass er das natürlich im Vollrausch nicht mitbekommen hat."

„Ok, Herbert. Ich rufe jetzt den Feiertag an, um diese Geschichte zu verifizieren. Vielleicht war sie doch noch einmal weg. Was ist mit der Reinisch?"

„Also, erst einmal Gratulation zu deinem meisterhaften Plan. Ich war das ganze Verhör über mit drin. So eine kleine Erpressung wirkt Wunder. Und ich glaube, sie hat es auch gar nicht gestört, dass ich dabei war. Ganz im Gegenteil."

„Super, aber jetzt sag. Hat sie ein Alibi?"

„Nicht direkt. Aber auch kein Motiv, wenn du mich fragst. Für sie war das reiner Spaß. Die hat ja selbst auch einen Freund daheim in Wien, der von dieser Angelegenheit nichts erfahren darf."

„Und sag jetzt, was hältst du vom Fritz?"

„Wichtiger ist, was er von mir hält, würde ich sagen. Er wird immer unsicherer, ob ich es wirklich war. Und er checkt, dass irgendetwas im Busch ist, sag ich dir."

Die Clara lächelt vor sich hin. Sie kann es sich nicht erklären, aber das erfüllt sie mit Stolz. Ob er schon eine Verbindung vom Herbert zu ihr vermutet?

„Und besonders stutzig ist er geworden, als ich ihm gesagt habe, dass es noch nicht hell war, als ich den Kaltenböck umgezogen habe. Irgendetwas in ihm hat das bewegt. Mir kommt vor, da hat er langsam angefangen, mir zu glauben."

„Was sagst du da?", schreit die Clara fast hysterisch rein.

„Ja, der wird mich schon noch laufen lassen. Also, meine Hoffnung ist noch nicht gestorben?"

Tütütütüt. Die Clara hat aufgelegt.

-- ACHTZEHN --

Der Andreas-Hofer-Platz ist bei Gott nicht der schönste in Graz. Immer wieder wird darüber gesprochen, ihn rundzuerneuern, aber nichts passiert. Momentan kann sich aber die Clara auch nicht damit trösten, dass sie eh nicht viel sieht davon. Denn wer bewusstlos am Boden liegt, kann sich generell nicht über viel freuen. Sie kommt langsam zu sich und schaut einmal hin und her. Ah, alles klar. Da ist sie. Ihr Schädel tut ihr weh und ihr ist saukalt. Aber erinnern kann sie sich genau. Sie hat eine drüberbekommen. Mit einem kleinen Handgepäckskoffer voll gegen das Gesicht. Sie greift, ob alles noch ganz ist, aber die Nase dürfte heil sein. Doch die gesamte linke Gesichtshälfte schmerzt. Es hätte genauso gut ein heißes Bügeleisen sein können, dass ihr an den Kopf gedonnert ist. Nach dem Telefonat mit dem Herbert haben sich die Ereignisse überschlagen. Sie musste auflegen, weil sie nach Frankfurt anrufen musste. Dann das Hotel Weitzer. Und jetzt liegt sie da unter dem Carport der Firma Hertz Autovermietung am Andreas-Hofer-Platz und kommt nicht hoch. Zu der Uhrzeit ist auch nichts mehr los. Die Schlüsselausgabestelle muss auch schon weg gewesen sein, als sie hergerannt gekommen ist, sonst hätte da ja wohl jemand bemerken müssen, dass sie gerade brutalst niedergeschlagen wurde. „Mein Handy!" Irgendwie muss sie jetzt die Kraft aufbringen, ihr Handy rauszukramen. Die Finger sind tiefgekühlt und sie schafft es nicht, den Kopf zu heben. In der Eile, die sie vom Jackpot Corner hierhergetrieben hat, hat sie auch nicht an Haube und Schal denken können. Rechnet ja niemand damit, dass man kurze

Zeit später schwer verletzt am Boden liegen würde. Sie erwischt ihr Handy, fummelt daran herum und sucht die letzten Rufnummern durch. Nicht so leicht mit einem völlig zugeschwollenen Auge. „Wachzimmer Schmiedgasse“. Da ist die Nummer.

„Bitte dringend den Herrn Fritz, ich brauche schnell Hilfe.“ Sie wird sofort verbunden. „Frau Linhart, was ist los?“ „Kommen Sie schnell mit dem Herbert zum Hertz am Andreas-Hofer-Platz!“ - „Wer ist der Herbert?“ - „Der Sandler, schnell, nehmen Sie ihn mit. Kommen Sie mit einem Dienstfahrzeug, Sie müssen direkt weiter. Der Herbert muss mir helfen.“ - „Aber Frau Linhart, ich kann doch noch ein Wachorgan mitbringen.“ - „Kommen Sie jetzt bitte endlich mit dem Herbert?“, versucht sie zu schreien. „Er und ich haben den Fall gelöst.“ Da fliegt ihr das Handy aus der Hand. Keine zwei Minuten muss sie warten, aber logisch, gefühlt sind es zwanzig. Wenn man mit einem gebrochenen Jochbein, einer Gehirnerschütterung und einer mittelschweren Unterkühlung am Boden liegt, ticken die Uhren etwas anders. Blaulicht und Folgetonhorn. Der Herr Fritz und der Herbert springen aus dem Auto und stürmen zu ihr hin. Der Polizist nimmt sie direkt in den Arm und hebt sie Richtung Auto. „Ich habe am Weg hierher schon die Rettung informiert.“ Er will sie auf den Beifahrersitz setzen, doch sie winkt ab. „Sie müssen gleich weiter“, schreit sie. „Wie spät ist es denn jetzt? Wie lange bin ich hier gelegen? Ich kann es am Handy nicht sehen.“ - „Fast neun“, antwortet der Polizist. „Los zur Autobahn und hinter einem schwarzen Einser-BMW her. Kennzeichen konnte ich so schnell nicht erkennen, aber er hat ein Hertz-Pickerl drauf. Er fährt nach Frankfurt. Schnell jetzt, der ist schon gleich seit einer halben Stunde unterwegs! Komm, Herbert, hilf mir hoch, damit der Herr - ähm - Inspektor losfahren kann."

„Clara!", versucht der Fritz sie jetzt durch das Du-Wort auf sich aufmerksam zu machen. „Wem soll ich nachfahren? Wovon redest du?"

„Der Feiertag war's. Der hat den Kaltenböck umgebracht. Jetzt fahr schon los! Schnapp ihn! Dass er mir den Schädel eingeschlagen hat, sollte fürs Erste Beweis genug sein!"

Jetzt ist die Rettung auch schon da. Der Herbert hilft der Clara zum Rettungswagen, die Sanitäter sind schon bereit und setzen sie gleich aufs Bett. Sie hört, wie der Fritz eine Fahndung durch den Funk ausgibt und deutet ihm mit einer Handbewegung nochmals, dass er jetzt endlich losfahren soll. Besorgt sieht er die Clara an, dreht sich aber doch um und schwingt sich ins Auto. Er lässt seine Männer bei Hertz das Kennzeichen ausheben und den Feiertag verfolgen.

Der Herbert hält ihre Hand. Er ist neugierig. Natürlich ist er neugierig. Irgendwie muss ihr letztes Telefonat, bei dem sie aufgehängt hat und nicht mehr erreichbar war, ja mit der ganzen Situation hier zu tun gehabt haben. Er traut sich aber nicht zu fragen, sondern will ihr jetzt erstmals beistehen. Auf dem Weg ins Krankenhaus schließlich fährt sie an. „Der Feiertag hat den Kaltenböck wegen seiner Frau umgebracht."

„Was? Hatte er mit der auch ein Verhältnis?"

„Nein, die kannten sich gar nicht. Seine Frau ist tot. Hast du mir doch selbst am Telefon erzählt."

„Was? Wie jetzt? Was hat die dann mit dem Kaltenböck zu schaffen gehabt?"

„Ja, die ist leider am Dienstag verstorben. Der Feiertag hat gesagt, die Hoffnung stirbt zuletzt und aus irgendeinem Grund ist mir das im Ohr geblieben. Dann hast du auch etwas Ähnliches gesagt und plötzlich habe ich kombiniert. Die Hoffnung stirbt zuletzt, nämlich die Hoffnung, dass er seine Frau noch sieht und ihr beistehen kann in ihren letzten Tagen. Ich habe mich am Telefon als Frau Inspektor Fritz von der Polizei ausgegeben und zufällig eine sehr nette, auskunftsfreudige Krankenschwester in dem Spital erreicht, in dem seine Frau gelegen ist. Die Frau Feiertag litt schon länger an einer seltenen Form von Leukämie, und eigentlich war sie schon am Weg der Genesung. Ein Mann wie der Feiertag wäre ja sonst niemals ins Ausland zu einem Kongress gereist. Aber am Montagabend ist sie plötzlich nach einer Attacke, die wie ein Schlaganfall gewirkt hat, ins Krankenhaus eingeliefert worden. Der Feiertag wurde informiert und gleichzeitig darüber, dass es keine Flüge nach Frankfurt gibt, weil die Lufthansa ja gestreikt hat."

„Und was hat das alles bitte mit dem Kaltenböck zu tun? Warum musste der dran glauben?"

„Der hatte den einzigen Flug am Dienstag. Der Kaltenböck hat ihn ja schon die ganze Nacht über angebettelt, er möge ihm seinen Flug überlassen. Er hat ihm sein Herz ausgeschüttet, dass es eben nicht gut stünde um seine Frau und er nach Frankfurt müsse. Fahren war in dem Zustand keine Alternative und mitten in der Nacht bekommt man bei uns sowieso nirgendwo ein Mietauto. Aber der Kaltenböck war viel zu selbstsüchtig, um seinen Flug einem anderen zu überlassen.

Stattdessen hat er ihm versprochen – so hat der Feiertag zumindest behauptet – er würde seine Connections für ihn spielen lassen, damit er auch auf den einzigen Flug kommt. Aber es war wohl ein offenes Geheimnis, dass er gar keine Connections hatte, sondern ihn damit nur hingehalten hat. Mir ist das alles klar geworden, als du gesagt hast, es war noch finster draußen, als du ihn gefunden hast. Wir sind ja von einer Tatzeit zwischen 14:00 und 15:00 Uhr ausgegangen, weil ich in der Früh keinen Toten gesehen habe. Dabei war ich gar nicht unten, weil ich direkt mit dem Arbeitsblazer gekommen bin. Er ist schon in den frühen Morgenstunden umgebracht worden. Der Feiertag wollte unbedingt sein Ticket, der Kaltenböck hat es wohl nicht rausgerückt und wumm hat er eine drüber bekommen. So ähnlich wie ich nur halt noch einmal härter. Ob er dann die Stufen runtergefallen ist, als der Feiertag ihn auf die Schnelle wo loswerden wollte, oder ob der Feiertag ihn mit einem stumpfen Gegenstand so zugerichtet hat, weiß ich nicht. Jedenfalls ist er an der Verletzung gestorben. Und logisch, dass er die Leiche dann in diese finstere Umkleide gesetzt hat. Er wird halt auch gedacht haben, dass sich dort nie irgendjemand hinverirrt. Nur hat er halt nicht mit uns beiden gerechnet. Vielleicht wollte der Feiertag das auch gar nicht. Wäre möglich, dass er ihn einfach nur außer Gefecht setzen wollte, um seine Habseligkeiten nach dem Ticket und den Ausweisen zu durchsuchen. Jedenfalls hat er das alles mitgenommen, oder? Im Anzug war nichts davon drin, als du den genommen hast.“

„Stimmt, der war völlig leer. Das hätte mir eigentlich komisch vorkommen müssen.“

„Eben. Er wollte sich als Kaltenböck ausgeben und mit seinem Ausweis und Ticket auf den Flieger."

„Und dann ist er zurück ins Hotel und hat seine Geschichte – mit Ausnahme des Mordes – der Frau Rothe erzählt."

„Genau. Er hat auch die Keycard fürs Zimmer mitgenommen, die Habseligkeiten vom Kaltenböck gepackt, damit er ihn am nächsten Tag einfach auschecken konnte. Er hat auf irgendeinen draußen vor der Tür gezeigt und behauptet, das wäre der Kaltenböck und dem ginge es nicht gut, weil er zu viel getrunken hatte. War doch komplett plausibel alles zusammen."

„Aber Clara, jetzt sag bitte mal, warum ist er denn nicht nach Hause geflogen, sondern hat dann wieder eingecheckt? Das macht doch keinen Sinn."

„Das habe ich mich auch gefragt. Tatsache ist, dass er genau um 14:10 Uhr vom Tod seiner Frau informiert wurde. Also, direkt nach dem Check-out aus dem Weitzer. Dann haben ihn wohl die Kraft, der Mut und auch die Notwendigkeit verlassen. Sie war tot, er konnte ihr auch mit diesem Flug nicht mehr beistehen. Oder so. Genaueres müsste er uns wohl selbst erzählen. Jedenfalls hat er dann die Habseligkeiten vom Kaltenböck die Garagenstiegen runtergeworfen und ist wieder zurück ins Hotel."

„Und heute hat er Wind davon bekommen, in welche Richtungen wir ermitteln und wollte sich aus dem Staub machen."

„Die Lufthansa-Streiks gehen sicher noch bis morgen. Das war schon etwas riskant, nachdem du noch einmal mit Fragen im

Weitzer aufgetaucht bist. Jetzt hat er sich überlegt, er nimmt einfach ein Mietauto und saust nach Hause. Oder es hatte gar nichts mit unseren Ermittlungen zu tun und er hat eingesehen, dass er sich der Wahrheit stellen muss. Er hat mich sofort als rotes Tuch gesehen, als er mich herlaufen gesehen hat. Ich hab nach ihm gerufen, als ich gesehen habe, dass er gerade den Koffer ins Auto werfen wollte. Dann stand ich vor ihm und hab gesagt, dass ich schon wisse, was passiert ist und - WUMM - flog mir der Koffer mitten ins Gesicht. Als ich wieder zu mir kam, war er über alle Berge und ich hab' kaum mein Handy rausfischen können, um euch zu verständigen."

-- NEUNZEHN --

Alle drei springen aufgeregt hoch, als endlich die Türklingel den ersehnten und gleichzeitig etwas gefürchteten Ton von sich gibt. Der Herbert reißt sich überhaupt die leogemusterte Kochschürze runter und schmeißt sie auf den Boden, was jetzt natürlich nicht viel bringt, weil er sie ja dort nicht liegen lassen kann, aber Affekt-Handlung. Da denkt man nicht so viel. Wenigstens hat er daran gedacht, dass die runter muss. Zuvor war er noch sowas von dankbar gewesen, dass die Clara ihm die geborgt hat, damit er nicht seine gesamte Kleidung verdreckt beim Kochen. Er hat ja nur die paar Klamotten, die ihm die Clara mit ihrem Trinkgeld beim H&M besorgt hat. Aber er will nun wirklich nicht im Leomuster gesehen werden. Während er sie wegräumt, macht die Clara unten die Tür über die Gegensprechanlage auf. Zu ihr in den zweiten Stock ist es nicht weit und bis die beiden heroben sind, richtet sie dem Herbert noch schnell die Haare. „Schaust super aus.“ Klingen tut sie fast ein wenig mütterlich. Dann geht sie zur Wohnungstür und öffnet ihren beiden Gästen. Der Schenker und seine rechte Hand, die Vanessa, sind irgendwo im ersten Stock unterwegs. Die Clara ruft „zweiter Stock“ und wartet in der offenen Tür. Als die beiden endlich vor ihr stehen, gibt sie ihnen förmlich die Hand. „Kommt nur rein!“ sagt sie. „Was ist das für ein Mann, der schon schnauft, wenn er nur zwei Stockwerke hochgeht“, denkt sie. Aber egal, ihr muss der eh nicht gefallen. Nach dem obligatorischen Schuheausziehen, nimmt sie die beiden mit in die Küche und stellt sie vor: „Also, Herr Schenker, Vanessa, das ist der Herbert Lang, mein Nachbar, der heute für uns kocht und das ist der Paul.“ Sie schütteln die Hände. Schon nach wenigen Minuten ist klar, warum der Schenker die Vanessa mitgebracht hat. Nicht, dass er die bräuchte, um die Kochkünste vom Herbert zu beurteilen. Er braucht sie, weil er einfach nicht kann mit Menschen. Er ist einfach nicht in der Lage, ein ordentliches Gespräch zu führen. Der Vanessa hingegen geht der Smalltalk extrem leicht von den Lippen. Sie und der Herbert quatschen schon fröhlich übers Kochen, während die Clara den Aperitif einschenkt. Jetzt natürlich der verlegene Moment. Der Herbert trinkt ja keinen Alkohol und wenn gleich alle anstoßen mit dem Muskateller-Sekt, den er der Clara empfohlen hat, würde auffallen, dass er kein Glas hat. Aber er wird sich einfach an das Drehbuch halten. Da kann man sich schon auf Claras Tipps verlassen, da hat sie ein Gespür dafür. Und schon geht's los: „Sie trinken gar keinen Aperitif?", fragt der Schenker und man stelle sich bitte vor, das ist eigentlich der erste Satz, den er in dieser Runde heute von sich gibt! „Ich trinke generell nicht!", lügt der Herbert, oder lügt auch nicht. Denn „ich trinke generell nicht" impliziert ja nicht unbedingt gleich, dass man mal getrunken hat. Ein Funke von Freude breitet sich über dem Gesicht vom Schenker aus. „Das ist gut. Ich habe immer wieder Probleme mit Trinkern. In der Gastronomie ist das ja direkt schon eine Branchenkrankheit." Wow! Die Clara überlegt erst, ob sie den Schenker schon jemals so begeistert von irgendwas gesehen hat - außer jetzt vielleicht bei den Maturabällen, wenn er bei der Abrechnung das Geld gezählt hat. Dann erfasst sie gleich den Blick vom Herbert, der ihr quasi mit den Augen ein schnelles Danke schickt dafür, dass sie ihm eingebläut hat, er müsse nur mit genügend Selbstsicherheit behaupten, dass er nun mal nicht trinke, das würde der Schenker schon schlucken. „Aber trotzdem möchte ich gerne danke sagen, Herr Schenker und Frau Salmutter, dass Sie sich die Zeit genommen haben, heute zu kommen. Ich weiß ja, wieviel Stress Sie haben." Die Clara hakt sofort ein: „Und der Herbert möchte euch gerne in Zukunft dabei helfen, dass es etwas weniger Stress ist. Jetzt setzt euch hin und lasst euch sein Essen schmecken. Dann können wir ja darüber weiterreden." Das Gespräch ist voll von Halbwahrheiten. Denn genaugenommen ist er ja Claras Nachbar. Nur halt etwas näher, als die beiden denken, nämlich auf der Couch, während sie im Schlafzimmer „wohnt". Aber so würde erstmal nicht auffallen, dass er obdachlos ist und er kann auch ihre Adresse ohne Probleme angeben, bis er „umzieht". Und in der Gösser hat er auch tatsächlich gearbeitet. Ist jetzt zwar schon eine Zeit lang her, so zweieinhalb Jahre, aber darauf muss man nicht eingehen. Die Clara hat den Schenker gut durchschaut. Der würde nirgendwo nachfragen, um diese Dinge zu verifizieren. Und dass der Herbert kochen kann, beweist er ja gleich jetzt vor Ort. Während das Dream-Team Clara und Herbert den ersten Gang - einen bunten Salat mit Flusskrebsschwänzchen - serviert, ergreift der Schenker doch noch einmal das Wort. „Entschuldigen Sie, mir ist nicht ganz klar, sind Sie Frau Linharts Freund?" Der Paul nickt nur kurz und lächelt dann der Clara verliebt zu. „Erst seit zwei Wochen", fügt sie mindestens ebenso freudestrahlend hinzu. „Das ist gut. Denn ich hatte schon Angst, dass die Frau Linhart und der Herr - Herbert, wie ist noch einmal Ihr Nachname?"

„Lang."

„Also, die Frau Linhart und der Herr Lang, dass die ein Paar wären. Wissen Sie, wir haben mit dem Walter und der Gerli schon ein Pärchen im Betrieb und noch eines könnte ich wirklich nicht gebrauchen."

„Nein, nein, keine Sorge", erwidert der Herbert jetzt. „Wir sind nur befreundete Nachbarn", und lacht ein bisschen mehr darüber als passend.

„Auf die junge Liebe", erhebt die Vanessa das Glas und streckt den Arm in die Mitte, um mit allen anzustoßen. „Erzähl, Clara, wie habt ihr euch denn kennengelernt? Tinder? Parship?"

„Nicht ganz", sagt die Clara und schaut dem Paul tief in die Augen. Und er antwortet für sie, da sie ziemlich offensichtlich nicht weiß, was sie nun erzählen soll von der ganzen langen Geschichte: „Die Clara und ich haben gemeinsam an dem Fall Kaltenböck gearbeitet."

„Wie meinen Sie? Der Tote unten im Congresskeller?"

„Ja, ich war der leitende Ermittler und die Clara hat mir assistiert. Oder auch umgekehrt, da bin ich mir ehrlichgesagt nicht ganz sicher." Clara, Herbert und Paul schmeißen sich weg vor Lachen und alle drei wissen genau, dass es wohl eher „umgekehrt" war. Die beiden Gäste verstehen den Insider-Witz natürlich gar nicht. Was aber auch egal ist, wer so wenig Gespür für das Zwischenmenschliche hat, dem ist auch nicht klar, dass sich hinter so einer Anspielung eine lustige Geschichte verbergen könnte.

„Ja, jetzt weiß ich es wieder. Sie waren der Inspektor, der auch mich verhört hat, oder?", schießt dem Schenker jetzt.

„Ja, genau."

„Sie sind mir gleich bekannt vorgekommen, aber ohne Uniform habe ich nicht gewusst, wo ich Sie hintun soll.“

Nur die Vanessa interessiert sich mal wieder für die eigentlich spannenden Themen: „Wie hat die Clara geholfen?“

Und schon geht die Geschichte los. Der Herbert richtet gänzlich unbeteiligt die Suppe an. Ein Schaumsüppchen vom gebratenen Paprika mit Joghurt und Thymian. Dass „die Geschichte losgeht“, heißt nämlich, dass seine hier endet. Denn logisch, die Halbwahrheiten inkludieren nicht seinen zeitweiligen Wohnsitz in der Casino-Umkleide.

Aber die Clara und der Paul - also der Herr Fritz - wie sie ihn zu anfangs ja noch genannt hat - blühen total auf in ihrer Story. Und die Vanessa lebt total mit. In der Zwischenzeit sind sie schon mit dem Hauptgang fertig.

„Und deswegen bist du ausgefallen, Clara? Weil dir der Feiertag am Andreas-Hofer-Platz eine über die Rübe gezogen hat?“

„Ja, mein Jochbein war gebrochen. Das waren vielleicht Schmerzen, ich sag’s dir! Schau, ein bisschen sieht man eh immer noch. Und der Paul war mich jeden Tag im Krankenhaus besuchen und hat mich total am Laufenden gehalten. Wie der Feiertag alles gestanden hat und ich recht hatte mit dem Motiv und so weiter.“

„Aber Clara, ich verstehe jetzt nicht ganz. Wie hast du denn da im Dienst das mitbekommen mit dem Verhör von der Wienerin und dass der Feiertag abhauen wollte?“

Ok, jetzt muss improvisiert werden. Diese Frage steht nicht in Claras Drehbuch für den heutigen Abend. „Scheiß drauf", sagt der Herbert. „Ich war dort."

„Du warst beim Verhör dabei?", fragt die Vanessa erstaunt. „Ich war dabei, als die Clara den Toten gefunden hat", und ade Halbwahrheiten, Grüß Gott, Notlügen. „Und ich habe den Fritz, also den Paul erpresst, dass ich nur sage, was ich weiß, wenn Frau Reinisch und ich gleichzeitig verhört werden". Ok, das stimmt jetzt wieder. Der Herbert hat den Paul - also den Inspektor Fritz - tatsächlich erpresst. Aber was niemand weiß, ist, dass er zu dem Zeitpunkt eigentlich Tathauptverdächtiger war und gesagt hat, er würde sich stellen, wenn er bei dem Verhör dabei sein dürfte. Die Clara atmet tief durch, kurze Zeit hatte sie schon Angst, der Herbert würde sich da jetzt mit der Wahrheit, also der echten, reinen, noch die Chance auf den Job verderben. In ihrer Erleichterung bemerkt sie nicht, wie sich der Blick vom Schenker verdunkelt. Der Herbert zum Glück schon: "Keine Sorge, Herr Schenker. Ich wollte die Clara nur von der Arbeit abholen und bei der Gelegenheit hat sie mir die Congress-Küche gezeigt. Wir haben ja darüber geredet gehabt, dass ich vielleicht im Catering anfangen könnte und sie wollte, dass ich vorab schon weiß, dass ich da in einer Kellerküche arbeiten muss. Ist aber total okay für mich. Ich habe kein Problem mit Kellern."

Die Situation entspannt sich wieder und als jeder seine Dessertvariation vor sich stehen hat, legt der Paul seinen Arm um Claras Schultern und sagt: „Jetzt wisst ihr, was ich meine, wenn ich sage, dass eher ich ihr geholfen habe." Der Schenker überlegt aber noch. „Nur wieso war die Leiche überhaupt bei uns im Keller?" Das „Bei uns" lässt die Clara schon wieder zusammenzucken. Es erinnert sie gleich an die fehlgeleitete Aussage vom Schenker vor Wochen, als er meinte, „sowas in unserem Haus“ - und ganz generell an alle von ihm so holprig dahergeplapperten Formulierungen. Aber sie schluckt die Emotion direkt hinunter. Heute dreht es sich nicht um sie, sondern um den Herbert. Der Abend verläuft ja soweit gut. Der Paul kennt sie Gott sei Dank auch noch nicht so gut, um zu merken, dass sie kurz versteinert ist. Und logischerweise klingt für ihn das „Bei uns im Keller“ auch überhaupt nicht falsch, also kann er ganz normal antworten. „Der Feiertag hat den Kaltenböck ja in einen Hinterhalt locken müssen. Er behauptet ja, er habe ihn gar nicht umbringen wollen und es wird für uns bestimmt schwierig, seine Tötungsabsicht zu beweisen. Jedenfalls waren sie beide stockbetrunken und angeblich hat der Feiertag behauptet, er hätte ein lauschiges Plätzchen gefunden, wo der Kaltenböck sein Gspusi - eine Lady namens Reinisch - vernaschen hätte können. Er wolle es ihm zeigen. Er selbst hatte sich eine halbe Stunde zuvor umgesehen und auch die Garderobe entdeckt. Der völlig rauschige Kaltenböck ist ihm dann aber - und das bestätigen auch die Ballistiker - die Stiegen runtergefallen. Ob er ihm dann noch eine über den Schädel gezogen hat, oder der Sturz schon zum Tod geführt hat, ist nicht mehr eruierbar. Der Feiertag sagt natürlich nein, aber wer würde das in der Situation nicht? Eine weitere Tatwaffe haben wir nicht gefunden.“

Eine kleine Frage wurmt die Vanessa jetzt noch: „Clara, woher hast du denn gewusst, dass der Feiertag mit dem Mietauto wegwollte?“

„Tja, weißt du, ich habe mittlerweile meine Connections im Weitzer. Der Rezeptionist dort hat ihm das Auto gebucht und hat mir das am Telefon gesagt. Auch, dass der Feiertag gerade zur Tür raus und in ein Taxi eingestiegen ist, um zu Hertz zu fahren, weil die dort gleich Feierabend machen. Stellt euch vor, da war schon niemand mehr, als ich angekommen bin. Keiner hat gesehen, wie der mich betoniert hat. Wenn ich nicht mit letzter Kraft den Paul hätte anrufen können, wäre ich die ganze Nacht da gelegen."

„Und dein Pauli", sagt die Vanessa absolut unpassenderweise über den Herrn Fritz, „hat dich dann gerettet."

Das wird allen ein wenig zu kitschig jetzt, sodass der Schenker sich gezwungen fühlt, endlich die wirklich entscheidenden Dinge zu hinterfragen: „Herr Lang, Sie haben ausgezeichnet gekocht. Wann könnten Sie denn anfangen?"

14806094R00061

Printed in Germany
by Amazon Distribution
GmbH, Leipzig